弱気MAX令嬢なのに、
辣腕婚約者様の賭けに乗ってしまった4

小田ヒロ

B's-LOG BUNKO

ビーズログ文庫

イラスト／Tsubasa.v

contents

ピア・スタン

乙女ゲーム「キャロラインと虹色の魔法菓子《マジックスイーツ》」のモブ悪役令嬢に転生してしまい、弱気MAXに！

ルーファス・スタン

乙女ゲームのクールキャラ枠『宰相令息ルート』のヒーロー。ピアの事情を何もかも察して、過保護度MAXに！

人✦物✦紹✦介

マイク
スタン侯爵家の
警備責任者。
ピアの護衛。
カイル
パティスリー・
フジのオーナー。
転生者仲間。
キャロライン
「キャロラインと虹色の
魔法菓子《マジックスイーツ》」のヒロイン。
エリン
ヘンリールートの悪役令嬢。
ピアの友達。
アメリア
フィリップ第一王子
ルートの悪役令嬢。
ピアの友達。
ヘンリー
騎士団長の息子。
乙女ゲームの攻略対象の
うちの一人。

プロローグ

「ふう……いい気持ちねえ、ピア」

「はいっ！　お義母様《かあさま》！」

スタン侯爵家《こうしゃくけ》の真の最高意思決定者？　であるビアンカ・スタン侯爵夫人《こうしゃくふじん》に完全なるイエスマンとして、威勢《いせい》よく返事をする私は、ルーファス様の妻になったピア・スタン十九歳です。

この世界は前世のスマホのアプリゲーム『キャロラインと虹色《にじいろ》の魔法菓子《マジックスイーツ》〈略してマジキャロ〉』に酷似《こくじ》していて、ヒロインのキャロライン（現在は改心し、修道院で生活中）の作った魔法菓子《マジックスイーツ》を食した、いわゆる攻略《こうりゃく》対象者たちが体調を崩《くず》してしまった。

その菓子《かし》の成分と効能が魔法《まほう》なんかではなくて〈マジックパウダー〉という毒由来だと突《つ》きとめ、解毒剤《げどくざい》を作ってもらい、最後の最後まで重病だったフィリップ元王太子殿下《でんか》――現第一王子殿下が回復したことで、先日私とルーファス様はようやく結婚式《けっこんしき》を挙げることができたのだ。

しかしその挙式当日、会場であるスタン神殿《しんでん》の目の前で温泉が噴《ふ》き出《だ》し、お義父様《とうさま》とルーファス様はその処理に追われている。

そして、私とお義母様は優雅《ゆうが》に一番風呂《ぶろ》の名誉《めいよ》を拝命したのだ。なぜかルーファス様は大反対したけれど、羨《うらや》ましいのだろうか？

「外で入浴？　私の留守中に？　ありえない！」

「ちゃんと侍女《じじょ》も護衛もつけるわよ。女性の兵を中心にね。何をグダグダ言っているの？我がスタンの領都に狼藉《ろうぜき》者がいるとすれば、それはレオとルーファスの失態でしょうに？」

「……ピア、まさか母上と入る気じゃないよね」

「……ごめんなさいっ！　ルーファス様！」

私は温泉の誘惑《ゆうわく》に負け、結婚して初めてルーファス様に逆らった！　そして今も仕事中のルーファス様に罪悪感を持ちつつ、湯舟《ゆぶね》に首まで浸《つ》かっている。

世界的建築家のグリー教授が自分の最高傑作《けっさく》だと言い切るこの温泉。確かにこの地の木材を前衛的なデザインに落とし込み、さらに人間の動線がきちんと考えられた浴室と湯舟の構造は素晴《すば》らしい。

そして熱からずぬるからずのお湯、目の前には雪化粧《ゆきげしょう》したルスナン山脈。控《ひか》えめに言って最高だ。

「サラとメアリも一緒《いっしょ》に入ったら？　こんなに広いもの」

「……まだ命が惜《お》しいので」

サラの言葉の意味がピンとこず、問いただそうとすると、ピンクの羽織《はおり》物を着たお義母様のフフフという笑い声に遮《さえぎ》られ、どうでもよくなった。

この世界の温泉は、薄《うす》い羽織物を纏《まと》って入浴する。しかし、濡《ぬ》れると肌《はだ》に張りつくので、裸《はだか》よりはマシだけれど、体のラインはくっきり見えてしまう。

気恥《きは》ずかしく思っていた矢先、お義母様のお腹《なか》に赤い傷が浮《う》かび上《あ》がっているのが目に入り、私はぶしつけにも、ついジッと見てしまった。

私の様子に気がついたお義母様は自分の視線を下げて確認《かくにん》し、苦笑《くしょう》した。

「お、お義母様！　デリカシーのない真似《まね》をして申し訳ありません！」

慌《あわ》てて頭を下げると、お湯がパシャンと跳《は》ねた。

「大丈夫《だいじょうぶ》。この傷は私の名誉の勲章《くんしょう》よ？　でもクリスのために内緒《ないしょ》にしてちょうだい？」

「クリス先生……ですか？」

クリス先生とは、スタン侯爵家お抱《かか》えのおじいちゃん医療師《いりょうし》だ。

「この傷はね。ルーファスを産んだ時のものなの。とても難産でね。クリスにここを切って出してもらったの。クリスは私とルーファスの命の恩人なのよ」

「帝王切開《ていおうせっかい》……？」

この世界にその方法があるなんて聞いたことがない。

「まだ確立されていない分娩《ぶんべん》で、国外では数件事例があるけれど、我が国の医療師団は未《いま》だ認めていないわ。クリスはね、若い頃《ころ》は革新的でとんがった医療師で、学会から爪弾《つまはじ》きにされていたの。そんなクリスに戦場で助けられたことがある先代が、彼をスタン侯爵家に招いた。『どれだけ研究にお金を使っても構わない。ただし、スタン家の一大事には最優先を約束せよ』という条件で」

とんがったクリス先生なんて、今のニコニコ穏《おだ》やかな風貌《ふうぼう》からは想像もできない。

「……終わらない陣痛《じんつう》の中、私は子どもを諦《あきら》めるように言われたわ。でも、どうしてもレオの子どもは私が産みたかった。その役目を他の女になど渡《わた》したくなかった。私が死んだとしてもね。だからクリスを脅《おど》したのよ。今こそスタンへの忠義を見せなさいと」

「お義母様……」

今の私とそう変わらない年齢《ねんれい》の時に、自分と赤ちゃん、二人分の命の選択《せんたく》を迫《せま》られたのだ。遠い過去のことなのに、心臓がバクバクと鳴る。

「おかげで私もルーファスもこうして生きている。でもさすがにもう出産は無理だと。侯爵家という重責にありながら、跡取《あとと》りが一人なんてありえないでしょう？　私は困り果てたわ。でもレオが『ルーファスを無事に成人させることが、私にできないと思っているのか？　ルーファス一人いれば十分だ』と言ってくれたの。実際、ルーファスは憎《にく》らしいほどすくすく成長したわね」

「お義父様も……」

「だからねピア。結婚した以上、子どもを待ち望まれるというプレッシャーは当然あるでしょう。私だって孫を見たくないのか？　と言われれば嘘《うそ》になるわ。でもそれこそ神のみぞ知る、よ。ゆっくり二人のペースで進めなさい。もしも私のように授《さず》かりにくい体質であれば、親戚《しんせき》筋から養子を迎《むか》えても良いのです。私とレオがそう考えていると覚えておいてね」

「……はい！」

お義母様の自分の傷を晒《さら》してまでのお優《やさ》しい心遣《こころづか》いに胸が熱くなる。

でも……まだ子どもなんてできるはずがないんですけどねっ！

私は心の声でルスナン山脈に向かって叫《さけ》んだ。

第一章　侯爵令息夫人になった私

神殿《しんでん》での挙式後の温泉噴出《ふんしゅつ》で、スタン領全体が祝賀ムードと困惑《こんわく》と期待が入り交じった、そわそわした雰囲気《ふんいき》になってしまっている。

サラが仕入れた話では、これは私が花嫁《はなよめ》としてルスナン山脈の山神様に認められたことに他ならない！　あっぱれ！　と領民たちから喝采《かっさい》を浴びているらしい。過度な期待は本当に困る……。

しかし、温泉の専門家や国の役人など、馴染《なじ》みのない顔が領内に一時的であれ入り込んだ。浮《う》き立《た》つ領民と違《ちが》い、領主であるお義父様《とうさま》やルーファス様、トーマ執事《しつじ》長はじめスタン侯爵家本邸《こうしゃくけほんてい》の皆様《みなさま》は険しい顔で緩《ゆる》みなく仕事を進めている。

やがて宰相《さいしょう》として王宮を長く空けられないお義父様はお義母様《かあさま》と共に、一足先に王都に戻《もど》られた。よって、ルーファス様の両肩《りょうかた》に領地の仕事がますますのしかかる。

お義母様の「神殿にて誓《ちか》いを立てる」ミッションが達成された今、私とルーファス様の隣《とな》り合《あ》った部屋を繋《つな》ぐ扉《とびら》は解放されている。

早々にルーファス様は私の部屋のベッドを撤収《てっしゅう》し、ベッドはルーファス様の部屋のキングサイズのものただ一つとなった。私たちは晴れて同室となったのだ。

しかし、その忙《いそが》しさのせいでルーファス様の目の下は常に真っ黒で、毎晩日付が変わってから部屋に戻り、私に「ゴメン」と一言謝って、バタッと気絶するように寝《ね》てしまう。

つまり、私とルーファス様は未《いま》だ一線を越《こ》えることはなく、びっくりするほどに清らかなままなのだ！

「ピア、私はピアとの大事な初夜を、忙しさのどさくさに紛《まぎ》れてせわしなく済ませるつもりなんてないんだ。生涯《しょうがい》それを懐《なつ》かしむことができるような、心に残るものにしたいと思っている」

と挙式の夜、彼は言った。カチコチに緊張《きんちょう》してベッドの上で正座して明け方まで待っていた私に頭を下げながら。

「それはそれで構わないんだけど……」

夜中に目を覚ますと、深夜に及《およ》ぶ仕事から戻ったルーファス様の腕《うで》の中に抱き込《だ》まれていた。見上げれば、「くー」という軽いイビキが聞こえる。疲《つか》れている証拠《しょうこ》だ。

「お疲れ様です」

なんの力にもなれない自分がもどかしい。結婚《けっこん》前にロックウェル伯爵家《はくしゃくけ》にて、領地経営について学んでこなかったことが悔《く》やまれる。父は研究一辺倒《いっぺんとう》だけど、ロックウェル領へ行けば厳しくも細やかに教えてくれる人がいたというのに。

はあ、と小さなため息をつくと、ルーファス様が無意識の中で私を抱く腕に力を込《こ》めた。その腕にそっと手を添《そ》える。

「ルーファス様のほうが、私よりも、ずっとずっと高潔でロマンチストだと思う」

私はルーファス様の胸に頭を寄せて、力強い心音を聞きながら瞳《ひとみ》を閉じた。

永遠に終わらないかに見えた領地の仕事だったのに、ルーファス様は辣腕《らつわん》ぶりを発揮してトーマ執事長はじめこちらのスタッフに任せることができるまで片付けた。そして私たちも義両親のあとを追うように王都に引き返すことになった。

私は茶色の簡素な旅行着にほとんど手ぶらで、旅慣れたルーファス様に引き上げられて、馬車に乗り込む。

私たちはいつもの二人乗りの小さな馬車で、サラとメアリたちは、もう一台の馬車だ。実のところ、馬車の大きさと装飾《そうしょく》は貴族のステイタスを表すものでもある。でも、ルーファス様は小さく、外装もそっけないこの馬車を気に入っている。

「ピア、もっとこっちに寄って？　……少し寒いんだ」

「大変！　風邪《かぜ》かしら。きっと疲れが出て……長旅なのに……私に引っついてください。上から毛布を掛《か》けて……さあ、私が起きておりますので安心して寝てください」

私は毛布を広げ、二人の肩まで引き上げた。そしてルーファス様の体に両手を回して、大きな体に熱を移そうと、ぐいぐいと体を引っつけた。

少し恥《は》ずかしいけれど、誰《だれ》も見ていないし、ルーファス様の体調が最優先なのだ。誰かがいれば、こんなことはできない。

「……幸せは一番身近にあるものだな……ありがとう、ピア」

こうして私たちは小さな馬車で身を寄せ合って、スタン領をあとにした。


このアージュベール王国の第一王子で、ルーファス様のご友人であるフィリップ殿下《でんか》は〈マジキャロ〉のメイン攻略《こうりゃく》対象で、ヒロインのキャロラインから〈マジックパウダー〉入りの〈虹色《にじいろ》のクッキー〉を食べさせられ、中毒症状《ちゅうどくしょうじょう》に陥《おちい》っていた。

解毒剤《げどくざい》が開発されても症状が回復せず、近親者は皆《みな》心を痛めていたわけだが、原因は当時のローレン医療《いりょう》師団長とその息子《むすこ》ジェレミーが裏切って、新たな毒を薬と偽《いつわ》り飲ませていたためだった。

その医療師団長たちの背後にいたのは、昨今ますます険悪な関係にある隣国《りんごく》メリークだ。

もはや〈マジキャロ〉などという乙女《おとめ》ゲームの世界を逸脱《いつだつ》し、完全な外交問題に発展している。

メリーク関与の証拠を摑《つか》みそれ相当の責任を取らせるために、お義父様である宰相閣下と、宰相補佐であるルーファス様は、日々机上《きじょう》にて戦っている。

私は領地から戻るや否《いな》やこれまでと同じように、ルーファス様を「いってらっしゃい」と見送り、アカデミーで化石の研究や、測量の精査をして過ごした。帰宅後は雑事を片付けつつ、零《れい》時ぎりぎりで帰ってくるルーファス様を「おかえりなさい」と言って出迎《でむか》える。

ルーファス様が入浴を終えて部屋に戻り、厚手の黒いガウンを着てソファーに腰《こし》を落ち着けたのを見て、私は彼の体が冷えないように、暖炉《だんろ》の火を強めて薄《うす》めのお茶を淹《い》れ、テーブルに置いた。

「久しぶりの政務はいかがでしたか？」

「うん、皆、開口一番に『結婚おめでとう』と言ってくれたよ。でも、それ以降はやることに追われて終わったね。ピア、おいで」

何か摘《つ》まむものをと取りに行きかけた私の腕を、ルーファス様は摑んで引き寄せ、隣《となり》に座らせた。お茶だけで十分なようだ。

ちなみに私も修道女のような足首まである、前世的に言えば生地《きじ》の厚いネグリジェに、防寒対策の生成《きな》りのガウン姿。メガネを外し、結《ゆ》い髪《がみ》も梳《す》き、寝る準備万全《ばんぜん》だ。

「えっと……ジェレミー様たちの処遇《しょぐう》がどうなったのか、聞いてもよろしいですか？」

こちらに戻れば、事件のことが鮮明《せんめい》に思い出され、気になって仕方がない。

「ピアは関係者だから問題ないよ。まずローレン医療師団長一家は現在も厳しく取り調べ中だ。でもそろそろ証言も出尽《でつ》くした感じだね。まあ家族全員真っ黒だ。このあと法廷で裁かれる」

「そうですか」

「彼らの証言をもとにメリークに今回の事件について抗議《こうぎ》したものの、かの国は知らぬ存ぜぬの一点張りだ」

生きた証人がいるのに素直《すなお》に非を認めないのか。大国のメンツもあるだろうけれど、もうその域は逸《いっ》している感がある。

「だから粛々《しゅくしゅく》と周辺国に説明し、支持を取りつけて、経済封鎖《ふうさ》などでメリークを追《お》い詰《つ》めているところだよ」

「そういうお仕事が通常業務の上に乗っかって、お忙しいのですね」

ルーファス様は肩をすくめてあくびをした。

「フィルへの毒投与《とうよ》に医療師団が関与《かんよ》しているかは、これまでの治療《ちりょう》記録や書簡を第三者委員会が精査中だ。犯行が完全にローレン一家の独断だったとしても、誰のチェックもなく治療方針が決定したり、調剤《ちょうざい》されたり、薬の在庫を自由に使われたりしていたのなら、組織の体を成していない。トップであるローレンに反論できない雰囲気であったとするならば、それはそれで問題だよ」

医療師団がローレン元団長のワンマン体制だったのならば、見直されるべきだろう。でないとトップが倒《たお》れたら収拾がつかない事態に陥ってしまう……今現在のように。

とはいえ、ローレン元団長は私が生まれる前から天才と持てはやされ、医療師団に君臨していた。周囲が委縮してしまったことも弱気な私には理解できる……もちろん正しいことではないけれど。

「第三者委員会の委員長は統計学的な判断ができて、皆が意見を重んじる高位貴族で、さらに毒事件の被害者《ひがいしゃ》でもあるガイ先生が務める。もちろん他もラグナ学長はじめ錚々《そうそう》たるメンバーだ。半端《はんぱ》な提言はしないだろう。後任の医療師団長はまだ空席で、回り回ってうちのクリスにも話が来たそうだ」

「えぇっ⁉　クリス先生に気軽に会えなくなるのは寂《さび》しいです」

「当然断ったよ。私たちはクリスを手放す気はないし、クリスも今更《いまさら》宮仕えなんて堅苦《かたくる》しいこと、勘弁《かんべん》してくれってさ」

クリス先生の名前を聞いて、先日の温泉での話を思い出す。デリケートなお話だけに、既《すで》に私が聞いていることを、あらかじめ伝えておきたい。

「お義母様から、クリス先生はお義母様とルーファス様の命の恩人と聞きました。ルーファス様の恩人ならば私の恩人ですね」

ルーファス様がちょっと驚《おどろ》いた様子で私を見た。

「母に聞いたの？　まあ私は覚えてもいないことだけど。クリスも災難だよ。苦しむ母を抱いた父に『妻も子も両方助けなければ殺す』と凄《すご》まれたらしいから」

「ええ……？」

同じ話のはずなのに、どうも男性サイドと女性サイドのニュアンスが違う。

「まあ『給与《きゅうよ》は医療師団長の二倍、研究内容に口を挟《はさ》まず、設備投資もこちら持ち。仕事はスタン家の大事には最優先で駆《か》けつけ治療することだけ。十分に報《むく》いているつもりだが？』と、父がいつか言ってたね。クリスも遠慮《えんりょ》なく他国から資料や機材を取り寄せているし、まあまあこの待遇《たいぐう》を気に入ってくれてると思うけど」

……ウィンウィンってことで。ところでクリス先生の辣腕ぶりと言えば、

「フィリップ殿下のお加減は、その後いかがでしょう？」

結局、医療師団が生まれ変わるまでは、クリス先生が殿下のお薬を処方しているのだ。

「挙式の日に見たとおり、どんどん元気になってるよ。今日は王太子殿下の公務をサポートしていたし。とはいえ、無理は禁物。仕事は半日までとクリスに釘《くぎ》を刺《さ》されている」

「そうですか。……ひとまずよかった」

気になっていたことはだいたい聞けた。

私はお茶を両手で包むように持って、ふうふうと息を吹《ふ》きかけて冷ましながら、与《あた》えら

れた情報を整理する。

「犯人を司法できちんと裁き、捜査《そうさ》機関や第三者委員会で公平な調査が行われ、そのうえでメリークの関与の証拠が出れば、メリークは逃《に》げも隠《かく》れもできませんよね。それをつきつけた時に逃がさぬように、陛下やお義父様、ルーファス様は周辺国に働きかけているということですね」

「大国相手にそう簡単にいくはずはないけれど、周辺国でも実のところ、メリーク独自の毒の被害と思われる事件が多発していてね、案外我々の話をすんなり信じてくれた。お互《たが》いの手元にある毒のデータを交換《こうかん》したりと協力関係は築けているよ」

「そうなんですね……。一致《いっち》団結した外交圧力によって、メリークが素直に罪を認めてくれれば、早く解決するのに……」

窮鼠猫《きゅうそねこ》を噛《か》むという言葉がある。追い詰められたら、やたらめったら怒《いか》りを爆発《ばくはつ》させる可能性もある。メリークはどれくらい、そしてどのような武力を蓄《たくわ》えているのだろう？〈マジックパウダー〉を保有している国だと思うと不安だ。

ふと、いつかラグナ学長が「メリークの学者仲間と連絡《れんらく》が取れなくなった」と言っていたのを思い出した。

学長の友人ならおそらく第一線クラスの科学者。メリーク帝国軍《ていこくぐん》に強制連行され、今回のような未知の毒の開発をさせられているのかもしれない――祖父のように。まあ祖父は無理やりではなかったけれど、断ることなど不可能だった……。

そして仮にメリークが仕掛《しか》けてくるとすれば、一番先に攻撃《こうげき》を受けるのは、ルスナン山脈を国境としてメリークと隣り合っている……スタン侯爵領だ。

「私、ついルーファス様と一緒《いっしょ》に王都に来てしまいましたが、あれこれ考えればお義父様もお義母様もほとんど王都滞在《たいざい》ですし、残ったほうがよかったのでしょうか？」

私にスタン領の領政を担《にな》えるなんて間違《まちが》っても思っていない。でも、何か起こった時に即座《そくざ》に知らせたり、ルーファス様の指示を皆にお願いすることはできる。

この一年弱、ずっと一緒にいたからルーファス様のそばを離《はな》れるのは少し不安だけれど、期間限定ならばなんとか……。そして周囲の山をパトロールしながらちょっと目についた場所をついでに採掘《さいくつ》して……。

「ピア、夫婦《ふうふ》はよほどの緊急《きんきゅう》時でない限り一緒にいるものだ。領地のことは優秀《ゆうしゅう》かつ父に忠誠を誓った者たちが、確実に働くから心配しなくていい」

そう言ったルーファス様は、私の腰に腕を回したと思ったらヒョイと抱《かか》え上《あ》げ、自分の足の間に私を座らせた。そして背後から両手を回しておへその前で手を組み、私の右肩《みぎかた》に顎《あご》を乗せた。頬《ほお》が引っつきそうだ。

「それに……ピアは私と離れても平気なの？」

いかにも不服そうな声色《こわいろ》に慌《あわ》てて否定する。

「平気ではありませんっ！　でも私はルーファス様の妻だから、少しでもお役に立つのなら、頑張《がんば》らなきゃって！　と言いつつも、やっぱり私にできることなんてないですよね……お義母様にもっと仕事を教えてもらわなきゃ」

話しているうちに弱気になり、尻《しり》すぼみになった。

「私のため……か」

ルーファス様はそう呟《つぶや》くと、首をねじって私のこめかみにキスをした。

「ありがとう。ピアが領地を守ってくれたら、トーマはじめ皆、俄然《がぜん》やる気を起こすだろう。でもね、私が寂しいんだ。ピアがこうして毎晩私に『おかえり』と言うために待ってくれている、と思うことで、私はなんとか頑張れている。だから、一緒にいてくれる？」

私ごときがいなくても、ルーファス様の辣腕ぶりに変化はないでしょ〜！　と、私の心は叫《さけ》んでいたけれど、耳元に響《ひび》くルーファス様の低い囁《ささや》き声《ごえ》に、私は視線をさまよわせながらコクコクコクと頷《うなず》くことしかできない。

「よかった」

そう言うと、ルーファス様はぎゅうっと私を引き寄せて、私の体はルーファス様の胸にすっぽり収まった。彼の鼓動《こどう》が肌《はだ》から伝わる。

「しかし……そうだな。離れる場合のことも、もう少し丁寧《ていねい》に準備しておくか」

「ルーファス様？」

「ん？　なんでもない。そろそろ寝よう」

ルーファス様は私の後ろから両脇《りょうわき》に手を入れて持ち上げ立ち上がり、私は捕《と》らえられた宇宙人のように両足をプラプラさせて移動した。そしてそのままベッドに運ばれると、ルーファス様も照明を消して戻ってきた。

王都のこの小さな屋敷《やしき》でも、私たちはもう同室だ。

「寒くない？」

彼はそう言いながら、私がガウンを脱《ぬ》ぐのを手伝い、自分も脱いでさっと掛布団《かけぶとん》に広げた。そして一緒に横になる。

真冬の今、外は寒風が吹きすさぶ。でもルーファス様に横向きで抱きしめられてしまえば……寒いわけがない。っていうか大好きな人とこんなにくっついていたら、体中が発熱する！

赤面してるであろう顔を見られたくなくて布団《ふとん》に潜《もぐ》り、彼の胸に額をつける。すると目の前から石鹸《せっけん》のいい香りがしてますますクラクラと翻弄《ほんろう》される。

「ピア？　どうしたの？」

「っ！　恥ずかしいだけですっ」

「そっか。おやすみ。私のピア」

やがて頭上からルーファス様の寝息《ねいき》が聞こえてきた。

なぜにあなたはそんなにも平常運転⁉　こんな生活が続けば、私は絶対に寝不足《ねぶそく》になる……。

翌日はルーファス様を見送ったあと、馬車で小一時間ほどの郊外《こうがい》へ出かけた。背後にまだ町が見える距離《きょり》にある丘《おか》が目的地で、山肌《やまはだ》がむき出しになっている。

馬車を降りると、ザリッと霜柱《しもばしら》を踏《ふ》みしめた。

「ピア様〜！」

アンジェラが二十メートルほど先から元気に手を振《ふ》って迎《むか》えてくれた。

アンジェラは分厚い茶色のコートと下には普段着《ふだんぎ》用のワンピース、それにブーツ姿だ。まあまあ新しく見えるその格好に、私はうーんと唸《うな》る。でも、事前に汚《よご》れてもいい服で来てねと言っていたのだから、きっとアンジェラにとってはこの装《よそお》いは作業着なのだろう。

私はいつもどおりルーファス様のお古のジャケットにパンツ姿だ。やはり王都のご婦人にパンツ姿はハードルが高いのだろうか？

そして、現場には赤い制服を着た三人の中年の男性騎士《きし》が待機していて、私がアンジェラに向かって小走りすると同時に、マイクが彼らに向かって大股《おおまた》で歩み寄った。

ここは王領の郊外だ。ルーファス様を通じて立ち入り許可をもらい、本日はここでアンジェラに採掘の手ほどきをする。アンジェラは先週無事に卒論を出し終えて、今はその次の口頭試問待ちとのこと。

真面目に授業を受けていたアンジェラの評定が「不可」になるとは思えないが、結果が出て卒業が確定するまでは、家でもアカデミーでも何も手につかないそうだ。そこで厳冬中ではあるけれど、この機会に実地訓練をしようと思ったのだ。

お気に入りの鎌《かま》を持ち、藪《やぶ》をスパスパと切《き》り払《はら》い、道を作りながら前進する。アンジェラは道なき道をかき分けて進んだようだ。そのたくましさ、将来有望だ。

地質や地形的に考えて、ここで驚くような発見などないだろう。化石がありそうな時に感じるビビビッとした刺激《しげき》もない。

しかしここは腐《くさ》っても王領。誰も必要としていなさそうな場所だというのに、騎士たちが見張りに就《つ》く。王領で産出したものを勝手に持ち帰らないように。やましいことをするつもりはないので、寒い中、申し訳ないくらいだ。

「ピアが気づかなければ未来永劫《えいごう》手に入らなかった鉱物を、これまでも馬鹿正直に差し出してきたというのに……気に食わないね。まあでも現場の騎士に当たってもしょうがない。彼らには私が相当の礼をするから、ピアはアンジェラと思う存分楽しんでおいで」

との、出発前のルーファス様の弁だ。騎士との打ち合わせはマイクに任せて、

「アンジェラ、お待たせ～……あら？」

アンジェラの後ろ、肩の下あたりから、ピンク色のリボンがぴょこぴょこと動いて見える。何かと思って背伸《せの》びすると、アンジェラが厳しい目つきになった。

「マレーナ、あなたがどうしてもと言ってついてきたのでしょう？　きちんとご挨拶《あいさつ》しなさい！」

アンジェラが背中越《ご》しに命令すると、ゆっくりとアンジェラと同じ、深紅《しんく》の髪に明るい茶色の瞳の少女が顔を出した。この緊張して生真面目《きまじめ》な表情は、剣術《けんじゅつ》大会で初めて会った時のアンジェラにそっくりだ。ということは？

「お、おはようございます……」

アンジェラの手を握《にぎ》りしめ、尻つぼみで挨拶してくれた少女とアンジェラの顔を見比べながら聞いてみる。

「妹さん？」

「はい。妹のマレーナです。今日は私がピア様から採掘技術を学ぶと言ったら、一緒に行きたいと駄々《だだ》を捏《こ》ねまして……ご一緒してよろしいでしょうか？　ダメならばこのまま馬車で帰します」

採掘に興味を持ってくれた子どもを帰すだと⁉　そんなもったいない！

私はマレーナのほうに体を向け、怯《おび》えさせないように話しかけた。

「マレーナ様、はじめまして」

「は、はい」

「お姉様と一緒にここで私の技術を学んでくれるという意気込《いきご》みは、とってもありがたいわ。ちょうど信用できる採掘仲間が欲《ほ》しいと思ってたところなの。でも実を言うと、採掘ってとっても地味で単調な作業なのよ。どんなに探しても何も出てこないこともざらだし、そこそこ汚れてしまうし。退屈《たいくつ》になるかもしれないわ。そうなった時、一人で静かに時間を過ごせる？」

飽《あ》きてしまうのはしょうがない。だってまだ、見た感じ十歳前後だ。そうなった時に、真剣《しんけん》作業中の人間の邪魔《じゃま》をせず自分で上手《うま》く時間を潰《つぶ》してくれれば、なんの問題もないのだが。

するとマレーナはなぜか私をギロッと睨《にら》みつけた。

「退屈になって邪魔したりしないもん！　私もお姉様を真似《まね》してピア様の技術を身につけて、お金をがっぽり稼《かせ》がないといけないんだから！　お姉様がガイ先生と結婚しちゃったら、私がルッツ子爵家《ししゃくけ》を盛り立てなくちゃ……」

「マレーナ〜〜！」

アンジェラが慌ててマレーナの口を塞《ふさ》ぐものの、もう肝心《かんじん》なところは全部聞いてしまった感……。

「アンジェラ様は子爵邸《ししゃくてい》ではピア様についてそのようにお話ししているのですね？」

いつの間にか私の傍《かたわ》らに戻ってきていたマイクが一歩前に出る。

「マイクさん、違うの！　本当にピア様のことを尊敬してます！　でもお金に困ってるのも事実で……殺さないで～！」

「そしてガイ先生との結婚も既定《きてい》路線のような発言」

「違います～！　うわあ、どうしよう～！」

救いを求めて私に向かって手を合わせるアンジェラに、全く……と苦笑いする。

「マイク、もうアンジェラをいじめないであげて。ほら、マレーナ様もびっくりしてるじゃない」

しっかりして見えても、まだ子どものマレーナ。自分の発言で姉を困らせていると理解し、青ざめておろおろしている。

「さあ、暖かい時間は限られているから、早速《さっそく》レクチャーします。マイク、ビル、馬車の荷物を全部地面に開いてください。まず道具の説明から始めます」

アンジェラには地図の複写を手伝ってもらっているから、まずは二人に簡単に測量――〈導線法〉――の説明をする。自分の仕事《バイト》がどういう面倒《めんどう》な作業の終着点なのか、理解してほしかったのだ。その後、狭《せま》いスペースで実践《じっせん》してもらう。

「マレーナ！　長さを書き留めて！　えっと角度はねえ……」

「お姉様～、もうここの旗は取っていい？」

「いいわよ～」

姉妹《しまい》仲良しで何よりだ。姉よりもフットワークの軽いマレーナが、離れた地点に旗を立てに行く。ちょこまかと子リスのようにせわしなく動くさまは可愛《かわい》らしいが、彼女のグレーのスカートの裾《すそ》は、何度もしゃがんで泥《どろ》だらけ。姉妹のお母様に怒《おこ》られないといいけれど。

「マレーナ様、数値は丁寧に書いてね？　あとで自分の首を絞《し》めることになるから」

「わ、わかってます」

測量の実践講義が終わったところで、山肌を前に地層の成り立ちなどをざっくり話して、ハンマーとたがねを渡《わた》し、リズミカルに山肌に穴を開けてみてもらう。

「あ！　案外ポロポロとほじることができるものですね」

「いや、硬《かた》い岩盤《がんばん》の時ももちろんあるよ。ここで見える範囲《はんい》の岩肌《いわはだ》、あちこち試《ため》してみて。実感できるから。えっとじゃあ次は、この石を掘《ほ》り出《だ》してもらおうかな？　マレーナ様はここね」

「っ、はい」

返事をした途端《とたん》、マレーナがハンマーを手から滑《すべ》らせ、小さなつま先すれすれの地面に落ちた。

「マレーナ様っ！　大丈夫《だいじょうぶ》⁉」

「だ、大丈夫だからっ、あんまりじっと見ないでっ！」

大声で反論され、体がビクッと震《ふる》える。

「マレーナッ！　言い方！　ピア様申し訳ありません」

私は問題ないと、アンジェラに頷き返す。

子ども相手に怒ったりしないけれど、あまりに語気が強くて、私の何かがマレーナの気に障《さわ》ってしまったのだろうかと、ちょっと落ち込む。

すると、作業を黙《だま》って見守っていたマイクが口を開いた。

「……ピア様、ひょっとしたらマレーナ様はピア様に声をかけられると、緊張してしまうのでは？」

「え？　だって、たかが私よ？」

私は眉間《みけん》に皺《しわ》を寄せながら自分に向けて指を差す。するとアンジェラはマイクに大きく頷いた。

「いえ、マイクさんのお察しのとおりです。高名なピア博士から一言も漏《も》らさず技術を教えてもらって、なんとか家のために頑張ろうと必要以上に気負ってしまっているせいで、ガチガチになってるようです……」

なんと……健気《けなげ》な……子リスちゃんなのだ……。

「アンジェラのご兄弟はマレーナ様の他は？」

「私たち二人姉妹だけです。まだ幼いマレーナにとって私とジェレミー様の婚約解消《こんやく》は、夢からとっくに覚めていた私よりも、ずっとショックだったようで」

歳《とし》の離れた大好きな姉と、名家で有能な医療師の卵でおまけにハンサムな婚約者。マレーナには絵本の中のカップルのように見えていたのかもしれない。

「そして、その後の我《や》が家の困窮《こんきゅう》ぶりも、大人の私たちは予見できたことだったので、諦《あきら》めたように日々過ごしていたわけですが、マレーナは順応できず……。お友達から子どもゆえの残酷《ざんこく》な悪口をストレートに言われたりもしたようで、傷ついたのです」

真剣に黙々《もくもく》とハンマーを振るうマレーナの後ろ姿を改めて見る。

こんな小さな女の子に、そんな辛《つら》い経験をさせたなんて……ジェレミー様、殿下だけでなくなんてことをしてくれたのだ！

「そんなマレーナについ明るい話題を提供しようと、国一番の博士であるピア様の助手になれた、とか、ガイ先生ととっても親しくさせてもらったとか、マレーナにおやすみの挨拶をする時に、ついつい大風呂敷《ぶろしき》を広げるのが習慣になってしまいまして……」

「じゃあさっきのガイ先生との結婚話は？」

「ああっ、蒸《む》し返《かえ》さないでください！　全く進展ありませんから。それ以前の、数学の学年一位になれたかどうかの結果待ちの段階です」

アンジェラが手を拭《ふ》いていたタオルをぎゅっと握りしめながら、途方《とほう》に暮れた顔をした。

「あらら……」

「マレーナは誰かを信用することに臆病《おくびょう》になったようで、今日ピア様の特訓を受けると話したら『私も子爵家を存続させる力を身につけたいから、連れていって』と涙目《なみだめ》で懇《こん》願《がん》されて……」

それは……姉として切ないことだっただろう。

「人を信じることは悪いことではないのに。私だってこうしてピア様やルーファス様の力をお借りしています。大事なのは人を見る目なのだと言っているのですが、まだ幼いから同時にいくつもの考えはインプットできないようで」

人を見る目ならば私だってない。前世、自分が選んだ人に全てを奪《うば》われた。今世で辛い立場になったことがないのは、ルーファス様の庇護《ひご》の下にいるからに他ならない。

「でもね、アンジェラ。相手はぬけぬけと普通《ふつう》の生活をしながら友人に毒を盛ることのできる犯罪者だったの。そう簡単に見抜《みぬ》けるわけがないよ。見る目がなかったと必要以上に反省することなどないと思う」

「……そうですよね」

「それに、医療師団長一家という社会的地位に媚《こ》びて、ルッツ子爵家から距離を置いた人たちのことは、所詮《しょせん》その程度の仲だったのだと頑張って割り切って！　離れていった人の顔ではなくて、辛い時にそばにいてくれた人や助けてくれた人の顔を思い出して！　そのほうがうんと精神衛生上、楽だよ」

綺麗事《きれいごと》にしか聞こえないかもしれないけれど、頭を振り絞《しぼ》ってアンジェラを励《はげ》ました。

するとアンジェラは、数秒黙り込んだ。

「……そう言われて、今、真っ先に思いついた顔は、ピア様とルーファス様です。そしてガイ先生。……そうですね。マレーナにもずっと寄り添ってくれている小さなお友達がいます。今度、その子をお茶に招待して、私が全力でマレーナと彼女と遊んであげます」

「わ、私も？　なんか、仕事を回すことを笠《かさ》に誘導尋問《ゆうどうじんもん》したみたいで恥ずかしいんだけれど？」

私は照れくさくてつい両手を頬に当てる。

「そんなことないですって！　それに、先日、友人だと思っていた人がひょっこり訪ねてきて、『研究棟《とう》で何をしてるの？　噂《うわさ》どおりスタン博士のお仕事を手伝っているのなら、私にも紹介《しょうかい》してほしい』なんてぬけぬけと言うんですよ！　うちとの取引を一方的に打ち切ったくせに、どの口がそんなこと言えるのよ！」

再び私の名前が出てびっくりする。

「ええと、その元お友達も、お小遣《こづか》いを稼ぎたいってこと？」

「違いません！」

I

「違います！」

一瞬《いっしゅん》で否定されて、マイクに説明を求め見上げる。

「ピア様はアカデミーでは白衣の妖精《ようせい》と呼ばれている、めったに姿を見せない学術序列五位です。近づいて、取り入って、うまい汁《しる》を吸いたいと思っている身《み》の程《ほど》知らずが少なからずいるのです。まあ、ピア様の目に触《ふ》れる前に穏便《おんびん》に排除《はいじょ》しておりますので、ピア様はどうぞ静かな環境《かんきょう》で研究を続けてください」

めったに姿を見せない……まだ私、座敷童《ざしきわらし》扱《あつか》いされていたのか。

「何はともあれアンジェラに意地悪する人とお付き合いなんてできそうにないよ。断ってくれた？」

「もちろんです！『宰相補佐にお願いしてみては？私はそうしました』と言ったら、『それができないから取り次ぎを頼《たの》んでるのよ！』と怒りだして、プリプリしてどこかに行きました。マイクさん、対処合ってますよね？」

「さすがアンジェラ様、ルーファス様に矛先《ほこさき》を向けたところが模範《もはん》解答です。主《あるじ》はピア様とあなたが傷つくことを望んでいませんからね」

「マイクさんに、褒《ほ》められた！やったわ！」

マイクとアンジェラは、エリンの時よりも打ち解けている。侯爵令嬢《こうしゃくれいじょう》のオーラを纏《まと》ったエリンよりも、やはり気安いのだろう。そうは言っても私を見る時同様、手のかかる子どもを見守るお兄さんの目線なので、サラが心配することは何もなく、問題ない。

姉の婚約破棄《こんやくはき》に妹が心を痛め、そうして傷ついた妹を心配する姉。素敵《すてき》な姉妹だ。アンジェラも散々悲しい思いをしたけれど、今はこうしてマイクとヤイヤイ楽しそうにおしゃべりしている。マレーナも姉の温《ぬく》もりに包まれて、時間が経《た》てば少しずつ傷が塞がるに違いない。時が薬だ。

「ところでピア様、その元友人がピア様とルーファス様のことを『愛のない政略結婚だ』とか、『一緒にいるのが嫌《いや》だから、宰相補佐は博士をあまり社交の場に連れてこない』などとほざいてまして、それもあって私、ムカーッときちゃって彼女と縁《えん》を切ったのですけど……」

「え？」

私たち夫婦にそんな噂が流れているの？　確かに私たちは政略結婚の一面もあるけれど。

「それって……結構皆様に浸透《しんとう》しているの？」

「言いにくいのですが、実は父からも聞いたことがあります。『宰相補佐に疎《うと》まれているピア様にそんなに肩入《かたい》れして大丈夫か？』と。もちろんそんな噂はきっぱり否定しましたし、スタン家との契約更新《けいやくこうしん》のたびに、尋常《じんじょう》じゃないピア様の警備体制を知り、真実をわかってくれましたが」

自分の知らないところでそんな噂が立っていると知り、不安にならないわけがない。ルーファス様は「放っておけ」と言うかもしれないけれど。

でも、せっかく採掘の訓練に来たのだ。空気を悪くしたくない。ひとまずその件は頭の隅《すみ》に追いやることにする。

「ご家族に誤解を解いてくれてありがとうね。そういえばルッツ子爵家は、アンジェラが外に嫁《とつ》いで、マレーナ様が跡《あと》を継《つ》ぐと決まっているの？」

「いえ、現状は全くの白紙です」

「じゃあ、アンジェラも手に職をつけるに越したことないよね。採掘も地図の複写もますます頑張ろう！　先のことはわからないけれど、ガイ先生は女性が働くことに反対するタイプに見えなかったし」

「そこは、『ガイ先生と、きっと恋人《こいびと》になれる』と言ってほしかったです！」

「あ、ごめん」

頰を膨《ふく》らませるアンジェラの背中を叩《たた》いて笑っていると、

「あ、あのう」

マレーナが声を上げた。私とアンジェラの話に聞き耳を立てていることくらい気がついていた。賢《かしこ》い子のようだもの。

「わ、私のことは、マレーナと、呼び捨ててくださいませ……ピア先生」

上目遣《うわめづか》いでそう言うと、顔を真っ赤にして、再び硬い岩盤をカンカンと大きな音を立てて叩き出した。

「アンジェラ……あなたの妹、天使？　可愛すぎでしょう」

「はい。ルッツ家の光のような子です。マレーナが幸せになるように、私も頑張らなくっちゃ！」

見ていて幸せを分けてくれる姉妹だ。これ以上婚約破棄に付随《ふずい》した件で、ルッツ子爵家が言いがかりをつけられている様子があれば、なんとかしてもらおう……ルーファス様に。

「ところでピア様、私もピア様のウエディングドレス姿を見たかったです。さぞかし綺麗だったでしょうねえ」

「アンジェラ、よく考えて。アメリア様とエリンがいたのよ？　私なんて霞《かす》んでたよ」

おまけに間欠泉騒《さわ》ぎまであり、私のドレス姿なんて、もはや誰の記憶《きおく》にも残ってないだろう。

「あ〜！　アメリア様の華《はな》やぎには勝てませんね〜」

正直なアンジェラが大好きだ。信頼《しんらい》できる。

「そういうこと。私は今日のようにパンツ姿で石を掘ってるのが、一番似合ってるの」

「そういえば、パンツ姿で石を掘るのはどなたの影響《えいきょう》なのですか？　正直なところ貴族女性としては前代未聞《ぜんだいみもん》だと思うのですが」

前世世界の影響です、なんて言えないいわけで……。

「え、えっとね、曽祖父《そうそふ》が山から石を採掘して生活していたの。その真似事《まねごと》」

私が生まれる前に死んだロックウェルの曽祖父が、石を掘って国に貢献《こうけん》していたのは、前世代の貴族間では有名な話だ。嘘《うそ》ではない。

「まあ！　つまり採掘はロックウェル伯爵家のお家芸なのですね！」

「うん、そんな感じ」

そう言って曖昧《あいまい》に笑うと、唐突《とうとつ》に大声で援護《えんご》された。

「パ、パンツ姿のピア先生も可愛いと思います。私も次に教えてもらう時は、パンツで参ります！」

マレーナちゃん……ツンデレか？

「私、マレーナの合格点を取れたのかしら？」

「ピア様、真似がしたいなんてマレーナの最大級の賛辞です。受け取ってやってください」

この姉妹は私を照れさせてばっかりだ。マレーナが聞いていることを意識して、声を張り上げる。

「褒めてもらえて嬉《うれ》しいな～。パンツ姿、お揃《そろ》い楽しみだな～！」

するとマレーナのハンマー音が、タン、タタタンと、リズミカルになった。

私とアンジェラは顔を見合わせて微笑《ほほえ》んだ。

途中《とちゅう》ランチタイムを挟んで、おのおの好きな場所で山肌を削《けず》っていると、冷たい北風が吹き始めた。マレーナに風邪をひかせるわけにはいかない。次回はもっと暖かくなってから開催《かいさい》しよう。私はマイクに一つ頷いて、大声で叫んだ。

「それでは今日はおしまいでーす。道具をここへ戻してくださーい」

アンジェラが片手を上げて了承《りょうしょう》の合図をした。その横のマレーナもチマチマと周囲を片付けて姉と一緒に戻ってきた。

マイクはじめ護衛の皆様が手早く後片付けをしてくれて、来た時よりも綺麗な状態になったところで、姉妹にお別れの挨拶をしようと振り向くと、マレーナがもじもじと全身で何かを訴《うった》えていた。私は不思議に思い、中腰《ちゅうごし》になって覗《のぞ》き込む。

「マレーナ、どうかした？」

「あの、ピア先生、これ……」

そう言って、マレーナは右手を私の前に突《つ》き出して、手のひらをゆっくり開いた。そこには白い半透明《とうめい》の尖《とが》った、彼女の爪《つめ》と同じ大きさの石が載《の》っていた。

「まあ……マレーナ、これ、水晶《すいしょう》よ。見せてもらってもいい？」

マレーナが頷いたのを確認《かくにん》してから慎重《しんちょう》に摘まんで太陽にかざした。うん、ごく普通の水晶だ。前世でも現世でもたいていの土地で産出される。

「山肌ではなくて、地面にあったの。キラッと光って、なんだろうと思って掘り起こしたら出てきた！」

「どこにあったの？」

「そう！　自力で発見したなんてすごいわ！」

正直なところ、ありふれているし不純物も入ってるし、金銭的価値なんてない。でも、今日頑張った成果としては十分だ。大人だって、一日時間を割《さ》いてなんの成果もなければ萎《な》えてしまう。それにどこにでもあるものであっても、探そうとした者にしか見つからないのだ。これは真面目で家族思いのマレーナへの神様からのご褒美《ほうび》だろう。

「とっても綺麗ね！」

そう言ってマレーナの手のひらに戻すと、彼女は今日初めて子どもらしい笑顔《えがお》を見せてくれた。

しかし、そのすぐあと、頭上から手が伸《の》びてきて、マレーナの手から水晶が消えた。

「「えっ？」」

私、マレーナ、そしてアンジェラが呆然《ぼうぜん》と仰《あお》ぎ見《み》ると、赤い制服の騎士が立っていた。

「王領での産出物、特に宝石類は全て王妃殿下《おうひでんか》にご報告、提出する決まりとなっています」

マレーナの目にみるみるうちに涙《なみだ》が溜《た》まる。私は慌てて騎士に小声で言《い》い募《つの》る。

「ま、待ってください！　これ、価値なんてありません！　そのへんの石ころと一緒です。形も小さいし、売っても一ゴールドにもならないものなのです！」

「博士……だとしても、規則は規則です」

その中年の騎士は眉《まゆ》を下げて申し訳なさそうにしてくれたが、覆《くつがえ》ることはなかった。

「ピア様」

マイクが私の肩に手をかけて、首を横に振る。騎士を責めてもどうしようもないということだ。

やるせない気持ちでマレーナに向きなおると、がっくり肩を落としてうなだれていた。

ああ……せっかく、理解者の少ない採掘の世界に自ら足を運んでくれたのに、悲しい思いをさせる結果になってしまった。お姉様と二人、今日一日の出来事をあーだこーだとおしゃべりしながら笑って帰ってほしかったのに。

何か手持ちに今日のマレーナに報いることができるものはなかっただろうか？

私はごそごそとポーチの中を漁《あさ》る。とはいえ採掘に、金目のものなど持ってきていない。せめてカイルのお菓子《かし》でもお土産《みやげ》として用意しておけばよかった、と後悔《こうかい》する。何度見てもハンカチと小銭《こぜに》入れとメガネと、巾着袋《きんちゃくぶくろ》に入れたお守りだけ……お守り!!

私はそこに納まっているのが当たり前になっていた、グリーンの小さな巾着袋を取り出して、声もなく俯《うつむ》いて涙を流すマレーナの前に跪《ひざまず》いた。

「ぴあ……せんせい？」

「マレーナ、では私から、今日一日安全に採掘と測量を学んだご褒美として、とっておきのお守りをプレゼントします」

そう言って、彼女の涙で濡《ぬ》れた手のひらに、袋《ふくろ》をちょこんと載せた。いっとき涙を引っ込めて、真面目な彼女らしく慎重に紐《ひも》をほどき、左の手のひらにコロンと出す。

「これは？」

「それはね、サメの歯の化石なの。数年前にようやく見つけた、この世界で初めての動物の化石」

これを見つけたのは、〈マジキャロ〉やキャロラインに怯えていたアカデミー学生時代。ルーファス様にプレゼントしたが、結婚した時に「ピアの手元にあるべきものだ」と言って戻ってきた。

「これを見つけてから、一度も測量や採掘の時に事故に遭《あ》ったことなどないし、ずっと幸福が続いているの。そして素敵な旦那《だんな》様のおかげでもう十分に幸せになったから、今度はマレーナが大事に持っていてくれると嬉しい」

「ピア先生の、最初の化石……誰も人間が生きていなかった頃《ころ》のサメ……」

「そう。それはここから遥《はる》か遠くのルスナン山脈で見つけたんだけど、サメの歯があったってことは、そこは昔、海だったってことの証拠なの。その化石はこの星の歴史を教えてくれているの」

「ルスナン山脈って、アージュベール王国で一番高い山があるって聞いたことがある……そこが海だったの……？」

マレーナが改めて、化石をいろんな角度から真剣に見つめる。

「それ、ピア様が肌身離《はだみはな》さず持ち歩いてる宝物ではないですか！　そんな貴重なものを！」

アンジェラが立ち上がった私の隣にバタバタと駆け寄り、妹に聞こえないように私の耳元で訴えた。でも、私はマレーナに譲《ゆず》ったことを、全く後悔していない。

「今言ったとおり化石はこの星の歴史そのもの。私物化するものではないよ。マレーナが大人になって、相応《ふさわ》しい人が現れたら、どんどん次の世代に託《たく》していってちょうだい？」

そう言って笑ってみせた。

マレーナはおろおろと姉を見上げた。アンジェラはしばらく逡巡《しゅんじゅん》したものの、小さく頷いた。マレーナが口を真一文字にして私と視線を合わせる。

「ピア先生の宝物、一生大事にします！　そして、私もこれに負けないものを、先生より早く見つけてみせます！」

その瞳は決意に満ちていて、もう、水晶に囚《とら》われていない様子でホッとした。マレーナならこれからいくらでも水晶も化石も見つけることができるに違いない。小さな化石、鉱物マニアの誕生だ。

アンジェラも妹の肩に手を乗せて柔《やわ》らかい笑《え》みを浮《う》かべている。私はついつい嬉しくなって、もう一度ポーチの中に手を入れ、取り出したものをバーンと両手で広げた！

「マレーナ、じゃあ、これもおまけにあげちゃう！　これは私が一針一針心を込めて刺したアンモナイトハンカチ……」

「え？　それはいらないです」

バシッと断られてしまった！　なぜ⁉


「あんなに私に自慢《じまん》していたサメの歯、手放してよかったの？」

帰宅して早々、ルーファス様に尋《たず》ねられた。当然マイクが全て報告済みなのだ。ということは水晶を取り上げられたことも……。

「また掘ればいいんです。すぐにもっとすごい化石を見つけますから！　私はルーファス様と結婚できて、ノリにノってるところですもの。私の勘《かん》ではもうすぐTレックスの頭部がルスナン山脈の南東部で見つかります。温泉街が先か？　Tレックスの化石発見が先か？　の賭《か》けは、私の勝ちに決まってますからね！　Tレックスはさすがに大きいから、その時はルーファス様、採掘のお手伝いをよろしくお願いします」

ちゃんとフィリップ殿下ではなく、ルーファス様を一番にお誘《さそ》いする。

「もちろんだよ。ピアってば、新年早々ノリにノッてるんだ？」

ルーファス様は目尻《めじり》を下げて、クスクスと笑い続けた。

「それにしても、ピアが子どもの扱《あつか》いを知ってるとは思わなかったな。私たちは大人に囲まれて育ったのに」

確かに私もルーファス様も弟妹《ていまい》はいないし、歳の離れた子どもと接する機会は少なかった。飛び入り参加だったマレーナと、今日一日楽しく過ごせたのは……やはり前世の記憶が大きいのかもしれない。

あの頃の私も末っ子だったけれど、研究の合間には生活費を稼ぐために、家庭教師や塾《じゅく》講師をしたし、大学に残れない時のことも考えて、教育実習も行った。

死の直前の記憶が鮮明すぎて、故意に思い出そうとはしてこなかったけれど、前世の私の日常は、今日のように可愛い女の子たちに「先生！」と呼ばれ囲まれるという幸せも、確かにあった。

「ピア？」

ここじゃないところを見ていた私を、ルーファス様が引き戻す。

「あ、そうですね……マレーナがあまりに健気で可愛くて、愛さずにはいられませんでした。ルーファス様も実際に会ったら、きっと甘やかしたくなりますよ？」

「私が？　正直なところ、大人であれ子どもであれ、ピア以外の女には興味ない。あれ？　でもピアに似た小さな女の子だったら……」

ルーファス様が不意に顎に手を当て考え込む。

「ルーファス様？」

「いや、私に新しい楽しみが生まれたところだ。ピア、ありがとう」

「どういたしまして？」

よくわからないけれど、楽しみが増えたのはいいことだ。

ルーファス様が笑っていたら、私も嬉しい。

第二章　地味MAXなロックウェル伯爵領

翌朝、日差しがさんさんと降り注ぐこぢんまりしたダイニング。貴族としてはありえない、肘《ひじ》がぶつかるほどの小さな正方形のテーブル（ルーファス様チョイス）に隣《とな》り合《あ》って朝食を取っていると、ルーファス様がティーカップを下ろしながら声をかけた。

「ピア、無事挙式も済ませ、こうして王都に戻《もど》った。そろそろロックウェル領に招待してくれないかな？　私もピアがしてくれるようにピアのご先祖に墓参したいし、ピアの愛するロックウェル領を見てみたい。それに……私の口で直《じか》に、ピアの敬愛するおばあ様に結《けっ》婚《こん》の挨拶《あいさつ》をしたいんだ」

「え？」

卵を刺《さ》していた私のフォークが止まった。妻の親戚《しんせき》に挨拶に行きたい、という要望にちょっと驚《おどろ》いたのだ。

私とルーファス様の結婚は、何やら流れている噂《うわさ》どおり？　元はと言えばスタン侯爵《こうしゃく》家《け》とロックウェル伯爵《はくしゃく》家を繋《つな》ぐ政略結婚だ。しかし両家に金銭的な貸し借り関係があるわけではなく、関係性は極《きわ》めて良好。さらに私の両親である伯爵夫妻はほぼ王都に住まい、機会あるごとにルーファス様は格下のそこを訪ね、交流してくれる。

ロックウェルの領地に赴《おもむ》いても、見栄《みば》えのない平凡《へいぼん》な狭《せま》い土地と、ルーファス様からしたら遠い親戚しかいないのだ。前伯爵である祖父もとっくに他界しているし、格上である侯爵家の人間が気を配る必要はない。

ロックウェルの親戚付き合いよりも大事なことがルーファス様には山ほどあることくらいわかっているので、これまで特にこちらからその話題を出すことはなかった。

私にとって、領地にどしんと構えている祖母は特別で大好きなおばあちゃんではあるけれど。しかし……。

「祖母は……難しい人ですよ？」

私はそう言って、ルーファス様を窺《うかが》うように見た。ロックウェル前伯爵夫人《はくしゃくふじん》である祖母の社交界での評判は、一言で言えば「偏屈《へんくつ》な老女」だ。親族からすれば、それには理由があるのだが。

わかってもらえない祖母の苦悩《くのう》を思い、つい視線をテーブルに落とす。

すると、ルーファス様は私の前髪《まえがみ》を摘《つ》まんで耳に流しながら、控《ひか》えめに笑った。

「聞いているよ。心配しないで」

もちろんルーファス様はご存じだろう。別に秘密ではないのだから。

「……わかりました。都合を確認《かくにん》してきます」

ルーファス様のめったにない頼《たの》み事を、お断りするなんて選択肢《せんたくし》はない。

大好きな祖母のことをルーファス様に嫌《きら》ってほしくない。逆もまたしかり。万全《ばんぜん》の準備で臨《のぞ》みたいところだ。

「うん、ロックウェル領、楽しみにしているね」

私はその日の研究を取りやめて、サラと共にさして久しぶりでもない王都のロックウェル邸《てい》に赴いた。

「ただいま帰りました〜」

「あら？　ピア、サラ、お帰りなさい」

母が順に私たちを抱《だ》きしめて出迎《でむか》えてくれる。

「結婚式《けっこんしき》、楽しかったわねえ。ピアは輝《かがや》いていたし、ルーファス様はキリッとしていたし。お料理は食べたことのない食材ばかり。私、太って帰ってきてしまったわ」

三人で居間に移りながらも、母の結婚式の感想が止まることはない。

「サラのドレスもあなたの誠実で可愛《かわい》い雰囲気《ふんいき》にぴったりだった。さすが私。いいドレスを仕立てたわ」

「お母様の青色系統推《お》しが、サラにはピタリとはまりましたよね〜。さすがお母様！」

「奥様《おくさま》……私にはもったいないものをありがとうございます」

サラがはにかみながら、母に頭を下げた。

「どういたしまして。でもスタン領は想像以上に寒くて驚いちゃった。二人共喉《のど》は痛くない？　うちの大根のはちみつ漬《づ》け、美味《おい》しくできたけど持って帰る？　で、今日はどうしたの？　ルーファス様に隠《かく》れてピアノの練習でもしにきたの？」

……そういえば、前回の引き分けになった賭《か》けのプレゼントで、ルーファス様にピアノを聴《き》かせる約束だった。すっかり忘れていた。

「……お母様、うかつなことをルーファス様に吹《ふ》き込まないでください！　本日はお父様も在宅ですか？　いなければお兄様は？　できれば全員顔を揃《そろ》えてくれると相談しやすいのですが」

「二人共いるわよ。今朝は寒かったから家の仕事を片付けると言って。サラ、二人を居間に呼んできてくれる？　あ、サラ宛《あて》にお友達からのお手紙が届いているから、あとでチェックしてね」

「かしこまりました。ありがとうございます」

手紙と聞いて目を輝かせるサラ。サラの部屋も私の部屋同様にこのロックウェル邸にそのままの状態である。サラは、私たちにとってもはや家族なのだ。本人も変人ロックウェル一家から家族と言われれることに、涙《なみだ》を浮《う》かべて喜んでくれた。かけがえのない、姉同然だ。

やがて書類仕事をしていた様子の父と、夕べ遅《おそ》かったのかあくびばかりしている兄がやってきた。母もお茶の準備をサラに委ねて、皆《みな》で色の褪《あ》せたソファーに座った。

ルーファス様がロックウェル領を訪問したいと言っていることを伝えると、

「母に気を使ってくださってるのか？　ありがたいことだ。隠居《いんきょ》の身とはいえ、スタン侯爵家に直孫《とつ》が嫁ぐのだ。本来は母からお伺《うかが》いせねばならんのに」

父がはあ、とため息をつきながら天井《てんじょう》を見上げた。そんな父に代わって、兄が言葉を続ける。

「せめて結婚式には参列すべきところだったけど、『自分の不自由な足でスタン侯爵領までの旅は無理』と言って来られなかったからね。まあ嘘《うそ》ではないけど、ピアの結婚式にはおばあ様の大嫌《だいきら》いな王族が参列していたし、王都の神殿《しんでん》での挙式であっても来なかっただろうな。ピア、ちょっと眠気《ねむけ》覚ましに私にはコーヒーを淹《い》れてよ」

「はーい」

この世界では出回っていないコーヒー、実はロックウェル産である。転生仲間でパティシエで、前世の食材ハンターであるカイルが小豆《あずき》の旅の途中《とちゅう》でコーヒーの苗木《なえぎ》を見つけて、自分には時間も場所もないと私に託《たく》してくれたのだ。

現在領地にて実験生育中で、うちの家族とカイルが飲む分くらいは実が穫《と》れる。祖母はそういうことには柔軟《じゅうなん》で、あっさり許可を出す。

「お義母様《かあさま》は悪い方ではないんだけど、最初の当たりが厳しいのよねえ。付き合いが長くなれば、あの独特の温《ぬく》もりをわかってもらえると思うのだけど、初対面のルーファス様に伝わるかしら？」

嫁姑《よめしゅうとめ》関係にある母が頬《ほお》に手を当てて、夫同様、悩《なや》ましげにため息をつく。母はロックウェル伯爵家の遠縁《とおえん》の子爵《ししゃく》家の娘《むすめ》だった。

幼い頃《ころ》、祖母の布団《ふとん》に潜《もぐ》り込んで一緒《いっしょ》に寝《ね》た時に聞いた話では、小さな頃から地に足の着いた考え方をしていた母を祖母がスカウトして、息子《むすこ》の妻にしたとのこと。

『ピア、ピアのお父様は研究を始めると、他がなんにも見えなくなるでしょう？　だから知り合いの中で一番しっかり者と評判だったお母様を、私は見つけてきたの。お母様は「なんで貧乏《びんぼう》子爵家の娘の私に、伯爵家のご嫡男《ちゃくなん》との縁談《えんだん》が来ちゃうの？　とりあえず粗相《そそう》のないように紺色《こんいろ》の控えめなドレスだから身支度《みじたく》は間違《まちが》いないわよね？　うん、きっとそう」と見合いの間中、ブツブツ言ってたっけねえ？』

母がしっかり者かどうかは疑問だが、うちの家族の中で研究に流されず、日常をキープしようと、もがいてくれる唯一《ゆいいつ》の人間であることは間違いない。

懐《なつ》かしいことを思い出しながらコーヒーを兄に差し出すと、兄は「ありがとう」と言って一口飲んだ。

「ルーファス様の訪問をお断りする理由はないでしょう。遅かれ早かれ会うことになる。

それをわかっててルーファス様が今だと思って声をかけられたんだ。ルーファス様のやることに我々ごときが頭を悩ませる必要はないのでは？」

兄の発言に、皆しばし考え込む。そして父が頷《うなず》いた。

「ラルフの言うとおりだな。うん。ルーファス様にお任せしよう！」

「……そうね。とりあえず『ルーファス様はピアにもったいないくらい素敵《すてき》な青年です』ってお手紙を出しておくわ。サラ、あなたはどう思って？」

母がくるっと後ろに立つサラに振《ふ》り返《かえ》る。

「ピア様が大奥様のことを慕《した》ってらっしゃると知っているので、ルーファス様は決して大奥様と対立することはないでしょうね」

「出たよ。ルーファス様の意味不明なピアへの溺愛《できあい》っぷりが」

「お兄様、言い方！」

私が兄の膝《ひざ》に手を伸《の》ばし、ペシンと叩《たた》く。

「それだけピアを可愛がってくださるルーファス様だからこそピアを安心して託せると、ラルフは言いたいんだよ。私たちがルーファス様を百パーセント信頼《しんらい》していることを、母には伝えておこう」

「お父様、お母様、よろしくお願いします」

結局、当日の方針はルーファス様任せで！　という結論になってしまった。でも、家族に事態を共有してもらい、きっと大丈夫《だいじょうぶ》と背中を押してもらっただけで、来た甲斐《かい》があったのだ。

「じゃあこの話は終わったってことで、ピア、お芋《いも》のパウンドケーキを切り分けてちょうだい？　ああ、サラはピアの横に座って？」

「え？　はい？」

サラが不思議そうに頭を傾《かし》げつつ、私の横に座った。ソファーは三人が座ってキチキチだ。

「サラ、私たちに報告があるだろう？」

父が顎《あご》の下で手を組んで、眉《まゆ》をピクリと上げた。父にこんなキザな仕草ができるとは思わなかった。

「報告……ですか？」

全く心当たりがないらしい。同じく私も。

「婚約者《こんやくしゃ》であるマイクと、春の挙式が決まったそうだね？」

「ひゃんっ!?」

珍《めずら》しいサラの動揺《どうよう》した声に、私と兄は目を見開いた。

「え？　そうなの？」

「マイクが数日前、日取りの相談にやってきたぞ？」

「うそっ！　そんな具体的な話は聞いてません！」

サラが立ち上がりながらそう言って、呆然《ぼうぜん》としながらまた座った。

「まあ、サラのスケジュールはマイクが宰相《さいしょう》閣下やルーファス様と相談すればどうにでもなるからなあ」

兄がひじ掛《か》けで頬杖《ほおづえ》をつきながら、またあくびをした。

「で、それよりも父親代わりのお父様のスケジュールを押さえるのが先だと動いたんですね。サラに知らせることなく。もうっ！　マイクってば」

マイクのことも兄のように慕っているけれど、こういう時は当然私はサラの味方だ。

「春ですって？　私にだって準備ってものが……」

「サラ、結婚式では私がマイクに引《ひ》き渡《わた》そうか？　あー美味しい」

私がパウンドケーキを切り分けて並べた途端《とたん》、兄はそれを手で掴《つか》んで食べだした。食事を抜《ぬ》いて夜中もぶっ通しで研究していたのだろう。

「ラルフ！　それは私の役目だ！　息子であれ渡さん！」

父がバンと、テーブルを叩く。

「お父様もお兄様もちょっと待ってよ！　まず花嫁《はなよめ》の意向を聞かずに勝手になんでも決めちゃダメってマイクに言わなきゃ！　サラにだって結婚式に対する希望や準備があるに決まってるでしょう⁉」

「ほんと、男性って情緒《じょうちょ》がなくって困ったものねえ。私が母親としてきちんと婿殿《むこどの》に抗《こう》議《ぎ》するとしましょう」

母の目が笑っていない。マイクに我が家《や》で一番怒《おこ》らせてはいけないのは母だと、教えておいたほうがいいだろうか？

「お、奥様あの、その……ありがとうございます。でも、お手柔《やわ》らかにしてあげてください。マイクも悪気はないのです」

サラが困ったように笑った。

それから私と母はサラにどういうウエディングドレスが似合うか激論を交《か》わし、スレンダーなサラにはいわゆるマーメイドラインがベストだ、という結論に落ち着いた。

サラは、どこか少女のような表情で、恥《は》ずかしそうにそれを聞いていた。

「はあ……サラまで嫁いじゃうのか……寂《さび》しいなあ」

「父上、ピアもサラも良縁《りょうえん》に恵《めぐ》まれたというのに、何贅沢《ぜいたく》なことを言ってるんですか」

兄はそう言いながら、一番の年長者のように皆を見渡《みわた》して、満足げに残りのケーキをパクっと食べた。

父を通して訪問したい意向を領地にいる祖母に伝えると、日にちの指定が返ってきた。その日を目前にして私は両者の顔合わせが少しでも上手《うま》くいくように、手土産《てみやげ》を準備することにした。

「ピア、ルーファス様、改めまして新年おめでとうございます」

「カイル！　明けましておめでとう！」

「なんだその定型文は？　カイル、結婚式の料理、とても評判がよかった。礼を言う」

ということで、ルーファス様と一緒に閉店直後のパティスリー・フジに来店した。

「ロックウェル伯爵領への手土産ね……おばあ様へのお土産ならば、あまり硬《かた》くなくって、胃の負担が少ないものがいいわよねえ」

「うん。めっきり食も細くなったから、小さくて、ちょこちょこ摘まめるものがいいかなって」

「それだったら、このあたりを詰《つ》め合わせて……焼き菓子《がし》は半分の大きさで新しく焼きましょうか？」

「そうしてくれ。特注として割増料金を請求《せいきゅう》していいから」

三人で考えたお土産は、当日早朝、護衛のビルに取りに行ってもらうことになった。

「可愛いラッピングをしてくれる？　特別な感じに」

「ええ。ピアのおばあ様なら、きっと可愛い方なんでしょうね」

「えっと、ははは」

私と真逆のタイプだと、カイルに言うタイミングを失った。

いつものように二階に移動すると、ソファーに腰《こし》かけた私たちに、カイルがミルクティーを淹れてくれた。エリンに初めてミルクティーをご馳走《ちそう》になった時のことを思い出し、ついニコニコする。エリンと言えば——

「カイル、披露宴《ひろうえん》での氷菓《ひょうか》、とっても美味しかったし大人気だったね。私、エリンにロックウェル領にも支店を出すようにお願いしてるの。だから溶《と》けにくいこの時期に、祖母にサンプルを食べてほしいと思ってて。それも追加でお土産と一緒に準備できる？」

「いいけど……エリン様の店の支店なんてそう簡単に作れる？　こう言っちゃなんだけど、原材料がお高いわよ」

「常設ではなく、王都のエリンの店では扱《あつか》わない冬に期間限定で出店してもらうつもり。それならエリンのお店からシェフに出張してもらえるし、寒いから作り置きも可能だし」

そもそも儲《もう》けようと思っていない。今回の件は私からロックウェルの領民へのこれまでの感謝の気持ちだ。

ロックウェル領は恵みの少ない土地だ。しかし、領民は不平を表に出さずついてきてくれる。役に立たない領主の娘だったというのに、可愛がってくれて、病弱な私が寝込《ねこ》めば皆、お花や備蓄《びちく》していた食料を持ってお見舞《みま》いに来てくれた。

「ピア、何を考えているかだいたい想像はつくけれど、自分の貯金を使うことはない。幸い材料はスタン領で賄《まかな》えるものが多いしね。双方《そうほう》の領の、今後の友好な関係を築くために、うちの領からプレゼントする」

「それはダメです！　恥ずかしながら、ロックウェル領にはスタン領にお返しするものがありません」

いつもいつも与《あた》えてもらうばかりでは情けない。せめて対価を支払《しはら》わせてほしいのだ。

「そんなことない。ロックウェル領は人材の宝庫だ。ロックウェル領の勤勉な若者がギルドで真摯《しんし》に働いてくれるおかげで、うちのギルドは質が落ちず、常に評価はトップだ。彼らの活躍《かつやく》ぶりに対する礼は、氷菓の材料では足りないくらいだよ」

ロックウェル領が褒《ほ》められると、もちろん我が事のように嬉《うれ》しい。ルーファス様の心《こころ》遣《づか》いで胸がジーンと熱くなる。

そんな私たちを優《やさ》しく見守っていたカイルが、表情を改めて、居ずまいを正した。

「ルーファス様、実は私もルーファス様にご相談したいことがありまして。まずはこれを」

カイルは戸棚《とだな》から封書《ふうしょ》を取り出し、私たちの対面に座りながら、それを机の上で開いた。

「これは？」

「キャロラインからの手紙です」

瞠目《どうもく》する私を尻目《しりめ》に、ルーファス様はピクリと眉を動かしただけでそれを手に取る。

「キャロライン、カイルにお手紙なんて出せるの？」

「もちろん修道院の院長の検閲《けんえつ》は受けているみたいね」

「ベアード伯爵やローレン親子の罪状が明らかになった今、キャロラインの待遇《たいぐう》は随分《ずいぶん》と良くなっているんだよ」

そう言いながら、ルーファス様は目を便せんに走らせ、眉根《まゆね》を寄せる。そして隣《となり》に座る私に当たり前のように差し出した。

私はそれを受け取って、キャロラインの丸みを帯びた文字を読む。そこには修道院の彼女のところに、少し言葉に他国の訛《なま》りのある高圧的な紳士《しんし》がやってきたこと。そして『手持ちの白い粉薬を渡せ！　隠し持っているのはわかっているんだ！』と脅《おど》されたこと。とっさに痛風の薬として使っている重曹《じゅうそう》を渡したことが書いてあった。

「重曹は膨《ふく》らし粉《こ》として使ってるものを私が定期的に送っているの。飲むと院長先生の痛風が少し和《やわ》らぐんですって。重曹って白くて光沢《こうたく》があって、ちょっと〈マジックパウダー〉に似てるわよね」

カイルの言葉に頷きながら、二枚目に移ると、別の筆跡《ひっせき》で『この件のせいか？　最近落ち着いて生活していたキャロラインが、かなり怯《おび》えている』と記されている。おそらく検閲をした院長が自分の手紙も加えたのだろう。

「知らない男に凄《すご》まれれば怯えもしますよね。さぞや怖《こわ》かったことでしょう」

「修道院も、警備の人間を増やしてほしいという意味を込《こ》めて、添《そ》え書《が》きしたんだろう。ありがとうカイル。あとは私が引き受ける」

「ルーファス様、どうぞよろしくお願いいたします」

そう言って頭を下げたカイルの横顔はどことなく元気がなく、愁《うれ》いを帯びて見えたのだが……体を起こしたカイルはいつもどおりの朗《ほが》らかな笑顔《えがお》だった。


日々政務でお忙《いそが》しいにもかかわらず、ルーファス様は祖母の指定した日にお休みを取ってくれた。サラとマイクも連れて、早朝からロックウェル領に向かう。

「我が家から馬車で片道三時間といったところかな？」

「そうですね……」

今日も天気が良くてよかった。雨だと時間が倍かかる。領の近辺は、舗装《ほそう》が進んでいないのだ。足元でソードとスピアは丸くなっている。今日は初めての土地ということで、念のためにお供は現役組《げんえきぐみ》だ。

車中の時間が長いので、私はくつろげる服を勧《すす》めたけれど、ルーファス様は新調したスーツに新品の靴《くつ》。祖母への敬意を形から表してくれたのだ。

ルーファス様がビシッとしているのに、私がたるんだ格好でいられるはずはなく、まだ袖《そで》を通していなかった白地にクローバーの刺繍《ししゅう》がセンス良く配置されたドレスである。

私が何不自由なく生活させてもらっていると、祖母に伝わればいいと思う。

「休憩《きゅうけい》を入れるともう少しかかるかもしれません。祖父の代に東の山あいから領地替《が》えされまして……」

「うん。聞いている。領地にいる近い親族について教えてくれる？」

知りえた情報の復習かな？　と思いながら、順序を組み立て話してみる。

「前領主であった祖父アンガスは既《すで》に他界しました。今領地にいる血縁《けつえん》は祖母のビクトリアだけです。ご存じのとおり、ロックウェル伯爵家は政治や商売よりも一つの事象を研究する血筋でして……祖母はそんな舅《しゅうと》や夫を支え、領地運営の実務を一手に担《にな》っておりました。今も領地を不在がちな両親に代わり、領民たちの陳情《ちんじょう》などを受けてくれています。祖父母には娘もおりますが、伯母《おば》はハリス家に嫁いでいます」

「ハリス伯爵家だよね？　なぜ私たちの披露宴には呼ばなかったの？　あまり親しくない？」

「いえ、幼い頃は領地の屋敷《やしき》で伯母や従兄弟《いとこ》たちと過ごすこともありました。今回は父が『スタン領に大勢で押しかけてはご迷惑《めいわく》だ』と判断しまして。でも伯母や従兄弟からは手紙で祝福してもらいました」

祝福と言うか……『おいピア、侯爵家なんてうっかりのお前が嫁いで大丈夫なのか？』という心配で埋《う》め尽《つ》くされた手紙だったけど……そういえば、『おばあ様のご機嫌《きげん》伺いのついでに、そのうち様子を見に行く』とも書いてあったっけ？

「ハリス伯爵家……嫡男は我々よりも三歳上だったよね」

「はい。その一つ下に弟もおります。我が兄と四人で祖母の車椅子《くるまいす》の周りで遊んでいたのが懐かしいです。そう、祖母は足が不自由でして、祖父が車椅子仕様に改築した本邸《ほんてい》から出ることを嫌《いや》がります。そのために式に参列しませんでした」

ちらりとルーファス様を見上げると、彼は小さく頷いた。祖母の動かない足……スタンリー侯爵家に調べられないことなどないから全てご存じだろうけれど、私の口からも一応説明したほうがいいだろうか？

「曽祖父《そうそふ》、つまり先々代のロックウェル伯爵もまた、根っからの研究者でして、それまでのものよりもずっと使い勝手のいい火薬を作ったのです。当然国が放っておくわけがなく、依頼《いらい》という名の命令が下り、もっと改良することになりました。その結果完成した製法を祖父は引き継《つ》いだのですが、祖母と馬車で移動中に、その技術を狙《ねら》った賊《ぞく》の襲撃《しゅうげき》を受けたのです。その事件のせいで祖母の足は動かなくなりました」

ルーファス様が静かに頷いて私の肩《かた》を抱き寄せる。

「国のために働いていたのにろくに守られることもなく、ロックウェル伯爵家は大きなダメージを負いました。それゆえ祖母は人間不信になり、特に王家への不信感が拭《ぬぐ》えず、家族以外には頑《かたく》なな態度を取るようになってしまったのです。こんな不敬な話を聞いて、がっかりされましたか？」

「そんなことないよ」

ルーファス様の様子を恐《おそ》る恐る窺うと、その表情に嫌悪《けんお》感は見当たらず、とりあえずホッとする。

それでも一抹《いちまつ》の不安は残る。スタン侯爵家は政治の中枢《ちゅうすう》に存在する。今も、祖母が怪《け》我《が》を負った当時も。祖母にとっては王家側の、自分を助けなかった側の人間と位置づけるかもしれない。たとえその時まだルーファス様は生まれていなくとも。

「私は祖母のことが大好きなのですが、ルーファス様のことを不愉快《ふゆかい》にさせないか、とにかく心配です」

伝えづらい内容の話は、どうしても声が小さくなってしまう。それをルーファス様は咎《とが》めもせずに、真剣《しんけん》に聞いてくれた。

「そうか……じゃあ、賭けようか？」

「……賭けですか？」

ここでいつもの賭けを持ち出されるなんて、思ってもみなかった。

「私がピアのおばあ様と仲良くなったら私の勝ち、おばあ様の信頼を得ることができなければピアの勝ちだ」

なんて……優しい賭けだろう。ルーファス様は負ける賭けなど言い出さないお方だ。ルーファス様に抱かれた肩から力がフッと抜けた。

「初めて賭けで負けたいと思っています。ルーファス様、是非《ぜひ》とも勝ってくださいね。私、負ける準備をしておきますから」

「ピア、いつも負けてるよね？」

ルーファス様は足を組みかえて、くすっと笑った。

王都から一歩ロックウェル領に入れば、一気に景色も香りも田舎《いなか》に早変わりだ。真冬だけに休ませている畑が広がり、たまに大根など冬野菜の葉っぱが緑を添えている。

そんな田園風景の先に、ロックウェル領の本邸が見えてきた。真四角の、作業効率だけを考えて建てられた建物。その昔はまともな形のお屋敷だったらしいのだが、祖父と父が実験中に吹っ飛ばしたらしい。

馬車のカーテンを全開にして、門番のおじいちゃんに顔を見せると手を振って通してくれた。そして玄関《げんかん》前に到着《とうちゃく》し、馬車の扉《とびら》が開く。

まずソードとスピアが飛び降りて、ルーファス様がそれに続き、私に手を差し出す。私は「ありがとう」と言って、ステップを降りた。

「ピア様、おかえりなさいませ！」

執事《しつじ》のサムがニッコリ笑って、出迎えてくれたけれど……ルーファス様を無視するなんて命知らずな真似《まね》は本当にやめて……。

「サム、ただいま。元気そうで嬉しいわ。こちら私の旦那様《だんなさま》よ」

「……かしこまりました。中へどうぞ」

……完全に会話がおかしい。サムは祖父母の右腕《みぎうで》。中央の権力者への反発というところか？

領主である父はルーファス様に完全にメロメロ（？）なのに。

困り果てていると、ルーファス様が彼の肘にかけている私の手を、もう一方の手でポンポンと叩く。見上げれば、ちょっと微笑《ほほえ》んでくれた。無礼を見逃《みのが》してくれるようだ。ありがたい。

「ルーファス様、家の中は暖かいのでお入りください。ソード、スピア、おいで！」

振り返ると、後続のサラたちも馬車から降りてきた。

地味で殺風景だが、亡《な》き祖父が自由のない祖母を思い、考える限りの最適な空間をと自力で作り上げたこのロックウェル本邸。私はルーファス様の手を引いて、サムの開けた玄関を通った。

玄関脇《げんかんわき》の応接室に入り、ルーファス様と年季の入ったソファーに並んで待つと、この家では馴染《なじ》みのカラカラカラと車輪の回る音が近づいてきた。私は立ち上がって出迎える。

「おばあ様！　ただいま帰りました！」

喪《も》に服しているかのような濃《こ》いグレーのドレスに暖かそうなラクダ色のひざ掛けをした祖母が、サラに車椅子を押されて入ってきた。顎のラインでスパッと切りそろえた白髪《はくはつ》は、貴族女性ではありえない髪型《かみがた》なので、驚くかもしれないなと思っていたけれど、ルーファス様は特に反応しなかった。

前世の記憶《きおく》がある私にとって、そのボブスタイルはとても似合っていると思う。祖母は自分で浴室に行き、洗髪《せんぱつ》することはできない。だから、洗ってくれる侍女《じじょ》が楽なように短くしているのだ。領地から出ないので見た目など問題ないと。合理的だけれど、時代が祖母についてきていない。

「ピア……あなたは一応結婚したのだから『ただいま』ではない。『お邪魔《じゃま》します』でしょう？」

私と同じ薄《うす》灰色の瞳《ひとみ》を眇《すが》められる。

「ええ？　『ただいま』でもいいじゃないですか？」

「ケジメをつけなさい。『ただいま』と言ってもいいのは、今日のところはサラだけね」

そう言って祖母の車椅子のハンドルを握《にぎ》るサラの手を皺《しわ》だらけの手で二度撫《な》でた。サラはいつものように、そっと祖母の頬に親愛のキスをする。

サラと祖母の関係も当然良好だ。サラの亡くなったお父様は学生の時、夏の休暇《きゅうか》に父を訪ねて何度もここに遊びに来ていたらしい。サラのことは孫とまではいかなくても、親戚の、自分の守るべき娘、という気持ちなのだと思う。

応接室の一番の上座にはソファーがない。そこが祖母の車椅子の定位置だから。基本、領主一族よりも高位の人間など来ないのでこういう配置なのだが、ルーファス様は筆頭侯爵家だ。序列をないがしろにしたことに焦《あせ》って頭を下げると、彼に目で止めるように促《うなが》された。気分を害していなければいいのだが。

祖母が正面につくと、うちの二匹《ひき》はなぜか祖母の足元で丸くなった。

「こんな辺鄙《へんぴ》なところまで、年寄りにわざわざ会いに来るなんて物好きだこと？」

「おばあ様っ！」

開口一発面倒《めんどう》くさい言い回しをする祖母に、弱気な私の胃がキリキリと痛み始めた。しかしルーファス様は通常モードのままで、すくっと立ち上がる。

「はじめまして、ロックウェル前伯爵夫人。このたびはお会いするのを楽しみにしておりました。ルーファス・スタンと申します。どうぞルーファスとお呼びください」

祖母は尊大に視線でルーファス様に座るように指示する。未《いま》だかつて、ルーファス様に

こんな態度を取る人を見たことがない。そしてルーファス様はそれを気にする様子もなく優雅《ゆうが》に座った。祖母のジャブをサラリと受け流すように。

「宰相補佐様、私の孫娘《まごむすめ》で随分と儲けているようですわねえ？」

ルーファスと呼んでとおっしゃってくれたのに、宰相補佐呼びなのね……。私は思わず右手を額に当てる。

「ピアの稼《かせ》ぎはスタン家とは別会計で管理しています。必要ならばピアと相談し、ロックウェル領の発展のためにお使いください」

おかしい。サムのおかげで空調バッチリなはずなのに、この部屋はブリザードが吹いているかのように寒い。

「サラ、冷えてきたわ。もうちょっと薪《まき》をくべて」

「ええ、ええピア様。私もそう思っておりました」

サラも頬を引きつらせながら、暖炉《だんろ》に駆《か》け寄《よ》る。

「あらサラ、ありがとう。本当に寒いのは嫌ねえ。古い傷がズキズキと痛むもの。ねえ補佐様、私のこの足、どうして動かなくなったかご存じかしら？」

「はい。調べてまいりました」

早速《さっそく》この話題になったことに不安が募《つの》る。

「そう。勉強はできるのね。先のメリークとの戦争のさい、義父も夫も王命に従って貢献《こうけん》しました。しかし戦争が終わった途端、手のひらを返したように厄介者《やっかい》扱い。そして技術を狙われケガをしたのをいい理由に、山を取り上げるために領地替え。この仕打ち、当然国家の中枢に君臨するスタン侯爵家も、一枚噛《か》んでいたのではなくて？」

「ロックウェル領の事件及《およ》び領地替えについては、全て前国王陛下による決定。スタン侯爵家は全く関与《かんよ》しておりません」

「そうなの？　仮にそうだとしても、宰相閣下たるもの、あのような事件が起こりうることを察知せねばならなかった。未然に防ぐ努力を怠《おこた》ったのでは？」

「おばあ様、ルーファス様の生まれる前のことをおっしゃっても……」

私がたまらず口を挟《はさ》むと、祖母はそれを無視して言葉を重ねてきた。

「ピア、ちょうど収穫《しゅうかく》したコーヒー豆を焙煎《ばいせん》したところよ。久しぶりに美味しいコーヒーを淹れてきてちょうだい。サラも挽《ひ》くのを手伝っておいで」

まさか、ここで私を追い出すの？

私が困り果てていると、膝の上の私の手をそっとルーファス様が包み込んだ。

「ピア、コーヒーってなんだろう？　温かい飲み物かな？　私の分も淹れてくれる？」

ルーファス様はそう言って、私にいつものように微笑む。自分に任せろ、ということだ。

私は気づかれないようにため息をつき、サラと一緒に席を立った。

幕間　ルーファスVSビクトリア

ピアの祖母、ビクトリア・ロックウェル前伯爵夫人《はくしゃくふじん》は気の弱い者なら気絶しそうなまなざしを私、ルーファスに向けてきた。なるほどな、と納得《なっとく》する。

為政者《いせいしゃ》の中での彼女の通り名は「ロックウェルの番犬」、「防波堤《ぼうはてい》」。

研究肌《はだ》でお人よしの舅《しゅうと》である先々代伯爵（火薬が専門分野）、夫である先代（火薬を継承《けいしょう》し、その安全のために水を研究）、息子《むすこ》である現伯爵（農業専門）、そして孫であるルフ義兄上《あにうえ》とピアが、痛い目に遭《あ》うことがないように、嫌《きら》われ役を一手に引き受けている猛者《もさ》。ロックウェルで唯一《ゆいいつ》「断れる人」。

父はこの方を「愛する者のために自分を犠牲《ぎせい》にする、健気《けなげ》な方だ」と言っていた。ピアを愛するゆえに、私に牙《きば》をむいているということだ。ならば、あまり策を練らないほうがいいだろう。こちらの情報は出《だ》し惜《お》しみせずに正直に見せたほうがいい。ピアとの賭《か》けに勝つために。

早々に彼女はピアとサラを追い出した。私もマイクにピアについていくように言って下げる。

「さて宰相補佐《さいしょう》様、あなた方中央の権力者が現在のロックウェル伯爵家をどのような役割と考えているのか？　またしてもきな臭《くさ》いご時世になってきたけれど、ピアやラルフをどのように使い潰《つぶ》そうと考えているのか？　よろしければ教えていただきたいわ。まあラルフに限っては自分から軍籍《ぐんせき》に入ってしまったから、私がとやかく言うことはできないのだけれど」

「まず、私の認識《にんしき》が合っているかご確認《かくにん》いただけるでしょうか？　最初に、先々代まで治めていた、東部の前ロックウェル領地では天然の硝石《しょうせき》が産出した。ロックウェルの名はここからなのですね。それをもとに研究肌の領主たち……近いところで言えば先々代のブライアン様とあなたの夫であるアンガス様が、人工の硝石を作り、さらに火薬を作り上げた」

ビクトリア様は時折私に視線をぶつけながら、静かに聞いている。

「お義父上《ちちうえ》やピアの人柄《ひとがら》から察するに、ブライアン様たちも自分たちの作った火薬が戦争に役立つという意図はなかったのではないでしょうか？　しかし折しも当時はメリークとの交戦中で、火薬を王家が望み、量産することになった」

手を汚《よご》すことに慣れたスタン家とは違《ちが》い、きっとピアに似た、根が善良なロックウェルの先代たちは、自分の発明が人を殺す兵器として使われたことに、日々心が擦《す》り切《き》れていく思いだったことだろう。

「そして他国にない使い勝手のいい火薬が良《い》い仕事をしたこともあり、戦争は終結。しかし、戦争が終わった途端《とたん》、王家はその技術や材料を持つロックウェル伯爵家に危機感を募《つの》らせる」

父によれば、前王陛下は現ジョン王よりも、やや臆病《おくびょう》だったらしい。戦争で疲《つか》れ果《は》てていたとも考えられるが。

「そんな戦後処理がごたつく中、家督《かとく》を継《つ》いだアンガス様とあなた様は馬車にて移動中、同じくロックウェル伯爵家の技術を恐《おそ》れる、メリーク寄りの貴族から襲撃《しゅうげき》を受けた」

「……今でも当時の馬のいななきや、侍女《じじょ》たちの悲鳴を覚えているわ。恐ろしい夜だった。私の夫は勇敢《ゆうかん》だけれども武の才能は備わっていなかったの。防ぎようがなかった……」

ビクトリア様が記憶《きおく》をなぞるように呟《つぶや》いた。

「相手方にメリークが絡《から》んでいるのは明らかであっても国内の貴族同士の衝突《しょうとつ》。復興途《と》中《ちゅう》で内政が落ち着いていないという理由で、波風を立てないでほしいとお願いという名の命令が下り、襲撃犯や主犯の貴族は大っぴらに裁かれることはなかった」

そういう輩《やから》は叩《たた》けば埃《ほこり》がたくさん出るもので、襲撃の件は伏《ふ》せられたまま大きく国を揺《ゆ》らがせることのない脱税《だつぜい》や密輸などの罪で、ぬるく裁かれた。

自分たちを襲《おそ》った輩が話題にもならず、法的社会的制裁も受けなかったとなれば、怒《いか》りも湧《わ》くだろう。

「そして王都そばの土地のほうが大事なロックウェル伯爵家を護衛しやすい。それに研究業に専念するために手のかからない土地のほうがいいだろう……という名目で王都のすぐ横の小さな土地に領地替《が》え。元のロックウェル領は王領になった」

実質は硝石狙《ねら》いと、ロックウェルの技術が流出しないよう、怪《あや》しい動きを見せればすぐわかるようにという見張りのためだ。

「そして、その命令を粛々《しゅくしゅく》と受け入れ、新しい土地を開墾《かいこん》し、やがてアンガス様は襲撃時の傷がたたって早くに亡《な》くなり、お義父上が爵位《しゃくい》を継承し、今に至る。いかがでしょうか？」

車椅子《くるまいす》のひじ掛《か》けで頬杖《ほおづえ》をつき、目を閉じて聞いていた彼女の瞼《まぶた》が開いた。

先ほどまでの剣呑《けんのん》な光は消えて、ただ疲れを宿していた。

「夫はこれ以上騒《さわ》がしい生活も権力闘争《とうそう》に巻き込まれるのも嫌《いや》だと言った。だから新しい土地での静かな生活を受け入れたの」

彼女は暖炉《だんろ》の上に飾《かざ》ってある肖像画《しょうぞうが》のほうに視線を流す。あの中の誰《だれ》かが、彼女の夫――ピアの祖父なのだろう。

「私たちを襲ったギネス伯爵家がメリークと繋《つな》がっていることは、私の耳にも入っていたくらいですもの。事前に圧力をかけ、見張りの騎士《きし》をつけることくらい簡単にできたはず。貧乏《びんぼう》なロックウェルには私兵が少ないと知っていたでしょうに。あれほどまでに私たちの火薬を重宝したのであれば、誠意を見せていただきたかったわ。まあ、その伯爵家もいつの間にか没落《ぼつらく》して……たられればを言ってもせんなきこと……」

「…………」

ピアと同じ瞳《ひとみ》に失望が浮《う》かんでいるのを見つけることは、思いのほか辛《つら》いものだった。

「事件を内密に処理したことに、宰相閣下も一枚噛《か》んでいるのでしょう？」

「否定はしません。正確には祖父の時代ですが。しかし、ロックウェル伯爵家の国への忠誠心と、常に中庸《ちゅうよう》である賢《かしこ》さが心に残り、いずれ報《むく》いねばならない……と思っていたようです」

ビクトリア様が眉間《みけん》に皺《しわ》を寄せて私を睨《にら》みつけた。それに苦笑《くしょう》を返し、話を続ける。

「……そして時は流れ、父は私の婚約者《こんやくしゃ》を決めるにあたって、リストからピアを見つけました」

「権力者である自分たちがピアと結婚《けっこん》することで、全て帳消しになると？」

孫を思うビクトリア様の声が、ますます鋭《するど》くなる。

「そう受け取られてもしょうがありません。しかし現領主……お義父上の人柄や研究成果を調べるうちに、昔の記憶どおり、やはり好ましいと感じたようです」

「ふん。うちの立場で縁組《えんぐみ》を断れるわけがあるまいに」

「断られず、ピアと出会うことができて感謝しています」

私は傍《かたわ》らに置いていた荷物の中から朱塗《しゅぬ》りの箱を取り出し、机の上に載《の》せて蓋《ふた》を開けた。中には手紙と白い箱が入っている。

「ジョン国王陛下よりビクトリア前伯爵夫人宛《あて》の手紙をお預かりしてまいりました」

そう言って頭を下げると、彼女はピクリと右眉《まゆ》を上げた。

ピアと結婚した時からいずれこのような機会を作ろうと思い、根回しをしていた。今回陛下は前向きに速《すみ》やかに手配してくれた。

「国王陛下からの手紙が、本来の手土産《てみやげ》……ね」

車椅子から動けないビクトリア様のためにさらに彼女のほうへ押し出すと、彼女は手を伸《の》ばしそれを摑《つか》む。王家の紋章《もんしょう》を指先でくるくると物思いにふける様子で少しの間撫《な》で、傍らのナイフで封《ふう》を切った。

事前に聞いた話では、手紙の内容はビクトリア様の体調への気づかいと、息子であるロックウェル伯爵への賛辞、そしてピアや次期伯爵ラルフの国への貢献《こうけん》をきちんと把握《はあく》していること。そしてそんな若い世代のために過去の禍根《かこん》は流してほしい、というようなものだ。

ビクトリア様はそれを読み終えると眉間を揉《も》み解《ほぐ》した。

さらに下の箱も手に取る。その中から出てきたのは国家に貢献した貴族に与《あた》えられる、紅色のリボンのついた勲章《くんしょう》と、少なくない金貨。表向きは勲章に付随《ふずい》するものであるが、その金額は通常よりもかなり多い。慰謝料《いしゃりょう》であり解決金であり、昨今の貢献に対する報《ほう》奨《しょう》金でもあるのだ。

「……金で解決する気?」

「逆に金以外でどう解決しろと? ビクトリア様の足は、何をしても治らない」

「確かに」

そう呟き、面白《おもしろ》くなさそうに笑う姿を見て、ビクトリア様は皮肉屋だが常識的で現実的だ、と思う。だからこそ、どこか痛ましい。

彼女は手紙を丁寧《ていねい》に元の場所に戻《もど》し、私を下から窺《うかが》うように見た。

「ねえ、もしピアが私のように足が動かなくなり、採掘《さいくつ》も測量もできなくなったら、宰相補佐様はどうする? 私のように役立たずになったらば?」

かつての遺恨《いこん》話はひとまず終わり、私自身が試《ため》されるようだ。しかし返答に迷いはない。

「単純です。私がピアの足になります。ピアの代わりに化石だって掘《ほ》りますし、ずっと、私の膝《ひざ》の上で過ごさせますよ。ただ私はピアの技術だけに惚《ほ》れているわけではありません」

「じゃあ、何に惚れていると? ピアはあなた様ほど美しくないでしょうに?」

つい年配の女性の前だというのに、鼻で笑ってしまった。

「何をおっしゃる。私が薄汚《うすぎたな》いことくらい、あなたにはお見通しのはずだ。でなければ宰相家などやっていけない。私にとってピアはこの世の何より美しいです。しいて言うならばピアのただの私を見つめる薄灰色の瞳と、口から零《こぼ》れるふたごころない真摯《しんし》な言葉……いえ、やはり、ピアの全てに惚れております。ピアだから、としか」

「ふぅん」

ピアと同じ薄灰色の瞳が、私を改めて、じっくりと検分する。

「……本気のようねえ。あなた、相当だわ」

「そして、お言葉を返すことになりますが、ビクトリア様は役立たずではありません。あなたの存在自体が、国にその罪を忘れさせず、ロックウェル伯爵家への抑止《よくし》力になっている。是非《ぜひ》、ピアのために長生きしていただきたい」

「ピアはもうスタン家の人間。ロックウェル伯爵家がどうなろうが関係ないでしょう？」

「まさか。ピアが悲しまないとでも？　ピアが幸せであることこそが、私の生きる意味です」

「私の幸福のためではなく、ピアのために、ロックウェルにて健全に生存しろと？」

「有《あ》り体《てい》に言えばそのとおりです」

「はっ！　行動基準がいっそ清々《すがすが》しいこと」

ビクトリア様はコロコロと笑った。緊張《きんちょう》が緩《ゆる》んだその笑《え》みは、ピアと重なった。

「おばあ様とお呼びしても？」

「……譲歩《じょうほ》しましょう。ピアのために……ルーファス様」

どうやら最低限の信頼《しんらい》は、得ることができたようだ。私はおばあ様の指示を受け、朱塗りの箱に蓋をして、それを机の端《はし》に寄せた。そろそろピアが戻ってくる。

「初めてお会いしましたが、おばあ様とピアはよく似ていますね」

「え？　あんなお人よしと？　言われたことないわね。ああ、瞳かしら？」

おばあ様は人差し指を自分の目尻《めじり》に当てた。

「理知的なその瞳も当然似ていますが、自分の愛する者のためならば、ためらいなく盾《たて》になろうとするところが。この世でピアだけが、私を守ろうとしてくれます。それはもう、胸が痛くなるほどに」

だから、おばあ様にどれだけひどい応対をされても憎《にく》めない。

そして自分の宝のためならば矛《ほこ》にもなり、相手や手段を選ばず戦うところは、ピアというよりもむしろスタン家寄り。我らと同属だ。

「それに、うちの犬に好かれるところも似ています」

ソードたちも親犬ダガーと同じく、悪意のある相手に容赦《ようしゃ》ない一方で……その場の一番弱い人間を守る訓練をされている。先ほど犬たちは迷いなくピアから離《はな》れ、おばあ様のもとに残った。

この方は本当は心身共に……疲れ切っていらっしゃるのだ。しかし情けが表情に出ぬように細心の注意を払《はら》う。

「……そう。ねえルーファス様、あの子は幼い頃《ころ》から夢見が悪いの。時折左胸を押さえて、聞いているこちらの胸が苦しくなるような悲鳴を上げる。親が多忙《たぼう》でここに預けられている時は、私が抱《だ》いて慰《なぐさ》めて寝《ね》かしつけていたわ。共寝《ともね》するようになっても、おかしいと思わないでやってほしいの」

「……承知しています」

おそらく、予言を見ていたのだろう。毒事件が解決した今、まだ予知夢にうなされることがあるのだろうか？

そんなことを思案していると、ドアの外が賑《にぎ》やかになった。タイムアップだ。

私は改めて、おばあ様の信頼を勝ち得るために、宣言する。

「これからは私が、政治面では表に立ち、ロックウェル伯爵家をお守りしますので」

「お手並み拝見、といこうかしら？」

なかなかに楽しい時間だった。

第三章　不穏なお茶会

コーヒーと手土産《てみやげ》のカイルのお菓子《かし》をよそって戻《もど》ると、先ほどよりも少し空気が穏《おだ》やかなものになっていた。祖母とルーファス様双方《そうほう》、歩み寄ってくれたようだ。サラとマイクと顔を見合わせてホッとする。

「おばあ様、今後私も自由にロックウエル領に赴《おもむ》いてもよろしいでしょうか？」

「ピアの夫ですもの。構わないわ。先触《さきぶ》れも不要です。ピア、関所に話を通しておきなさい」

「はいっ！」

ルーファス様が『おばあ様』と呼んでくれるなんて！

そう言っているうちにサラがコーヒーを給仕《きゅうじ》してくれた。ルーファス様が眉間《みけん》に皺《しわ》を寄せて口をつける。

「すごい色だな……んっ、結構苦い！　私は普通《ふつう》のお茶のほうがいいな」

「そんなに？　焙煎《ばいせん》しすぎてたのかしら？　ルーファス様がいらないならば、もったいないから私が貰《もら》いますね？」

前世の私は大のコーヒー派だった。酸味も苦みもどちらもOK！　ルーファス様の手からカップを受け取り、一口飲む。うん、香《こう》ばしくて苦みが走ってて美味《おい》しい。

でもルーファス様はこれしきで苦いと感じるのか……飲み慣れてないからだと思うけれど、次回はカフェオレにしてみようか？　いや、甘みを足すためにいっそアフォガードにする？　そういえば！

「サラ。おばあ様に氷菓《ひょうか》もお出しして……って、あれ？」

隣《となり》のルーファス様が耳まで真っ赤になり、顔を右手で隠《かく》していた。

「ルーファス様？」

「ピア様……同じ器《うつわ》で同じ飲み物を飲む行為《こうい》は、自分たちが非常に親しい関係だと宣伝しているのと同じです。まあ、夫婦《ふうふ》ですから問題はありませんが」

サラが大げさに、はあっとため息をつきながら指摘《してき》した。

「そ、それくらい知ってるもん。ちょっと忘れてたけどねっ！　家族しかいないのだから、見逃《みのが》してくれてもいいじゃないっ！」

自分の顔にみるみる熱が集まるのがわかる。

「ピアってば、もう……」

「あらあら、この辣腕《らつわん》と評判の宰相《さいしょう》補佐を振《ふ》り回《まわ》しているの？　やるわねえ、ピア」

「おばあ様、煽《あお》らないで！　サラ、氷菓氷菓！　おばあ様、是非《ぜひ》こちらをお召《め》し上《あ》がりください。おばあ様の許可が下りたら、冬の一定期間、いつも頑張《がんば》ってる領民たちをこれで労《ねぎら》おうと思っているのです」

祖母がアイスを興味深そうにひとしきり眺《なが》めたあと、スプーンを口に運んだ。定番で一番素材の味が出るミルク味だ。

「……氷よりもうんと口当たりが優《やさ》しいのね。いいんじゃないの？ 新婚夫婦《しんこんふうふ》の幸せのおすそ分けだと言って配りなさい」

ああ、祖母が私たちのお披露目《ひろめ》の機会を、さらに言えばルーファス様がうちの領民たちに好かれる機会を与《あた》えてくださった。

「ありがとうございます」

ルーファス様が丁寧《ていねい》に頭を下げた。

「まあよろしい。では次ね。そこの護衛、こちらにいらっしゃい。うちの優秀《ゆうしゅう》で可愛《かわい》いサラをたぶらかしたのはあなた？」

「はっ⁉」

突然《とつぜん》のロックオンに、常に冷静沈着《ちんちゃく》なマイクが、目を見開いて固まった。

サラとマイクはもう少し時間がかかりそうだったので、私はルーファス様に少しだけ我が領を紹介《しょうかい》しようと散歩に誘《さそ》い、上着を羽織って外に出た。

待ってましたとばかりにソードとスピアがはしゃいだが、ここはスタン領ではないのでリードつきだ。

「ピアおじょうさま～おかえり～」

「ピア様～ちゃんと食べてるかーい」

舗装《ほそう》されていない田舎《いなか》のあぜ道を手を繋《つな》いで歩いていると、野菜を収穫《しゅうかく》したり、農地の整備をしたりしている農民たちから手を振られる。私はドレスを摘《つ》まんで水路をひょいっと跳《と》び越《こ》えて、彼らに新年の挨拶《あいさつ》をしてルーファス様のもとに戻る、を数回繰《く》り返《かえ》す。

「領民たちと距離《きょり》が近いな」

「そうでしょうか？　祖父に従い住み慣れた土地を捨ててついてきた者がほとんどですので……親戚《しんせき》のような感じですね。産業もまだ成長途中《とちゅう》ですし、苦労をかけています」

「産業？　具体的には？」

「見てのとおり農業です。野菜や綿花を地道に作ってます。レジェン川の支流が流れていまして、王都の生活用水に使われる手前に位置してますので水質がとてもいいのです。それを利用して繊維《せんい》業も少し」

「ああ、本格的に測量を始める時に、長縄や軍手はロックウェルで作れると、義兄上《あにうえ》が言っていたね」

「そう。今もそれらは定期でギルドが注文してくれます。ありがたいことです」

独占《どくせん》で製造販売《はんばい》できるのは、ルーファス様のおかげだとわかり切っているので頭を下げる。軍手の縫製《ほうせい》は、領民たちの今のような農閑期《のうかんき》の重要な収入源となった。

「でもその川はどこ？　見えないけど」

「ああ、ここからは随分離《ずいぶんはな》れてます。祖父の生涯《しょうがい》の研究テーマは灌漑《かんがい》でした。祖父の知《ち》恵《え》と工夫《くふう》で、水路が必要なところに行《い》き渡《わた》り、工場や畑や家庭で、水そのものとしても、水車を使ってのエネルギーとしても利用して、この新しい土地で活路を開いた……いえ、まだ道半ばですね」

未《いま》だロックウェル伯爵《はくしゃく》領の収支はギリギリプラマイゼロ。次期伯爵となる兄の進む道はなかなかに厳しい。それに、悲しいことだけど、私たちよりも祖母は先に逝《い》ってしまう。祖母がいなくなったあと、これまでのように領地の隅々《すみずみ》まで目を配ることができるだろうか？

とにかく二人きりの兄妹《きょうだい》。せめてお金を稼《かせ》いで兄に協力しなければ……まあルーファス様の許可が貰えたらの話だけど。

「情報としては聞いていたが、実際自分の目で見ると驚《おどろ》きで言葉もないよ。あの東に見える水車は三連だろうか？　そしてどうみても上り坂なのに水が登っているのはなぜだ」

「灌漑設備の保守点検はおばあ様の指図の下、おじい様の右腕《みぎうで》だった先ほどの執事《しつじ》のサムを中心に行ってます。今のルーファス様ならば喜んで教えてくれるでしょう。あと、父と兄も領主としてその技術は習得済みです。私はそのあたりは不勉強でして……ただ前世……ええと、本で読んだ水害対策だけは私がお願いしました」

「そういえば、エリンのホワイト領の貯水湖もピアがアドバイスしたんだっけ？」

「ん〜父の説明を聞いて、簡単な川周辺の絵を見て、『ここかな？』と指を差したらしいんですけど、化石の話じゃなかったし、あまり記憶《きおく》にないんです。きゃあソード！　そっちはイノシシの罠《わな》があるから行っちゃダメ――！」

「……まあいいや。とにかく小規模なりに完璧《かんぺき》な土地だということがわかった。しかし見れば見るほど質素な町と農村風景……わざとということか？　二度と領地替《が》えなどという憂《う》き目《め》に遭《あ》わぬよう、息をひそめ、目立たぬ生活をおばあ様は敢《あ》えて選び、貫《つらぬ》いているということか……。身内として見過ごせないな……」

「ル、ルーファス様、何か見過ごせないものがありましたか？」

　私が急にスピードを上げたソードに引っ張られてドレス姿で全力疾走《しっそう》し、なんとか抑《おさ》え込んでゼイゼイ荒《あら》い息を吐《は》いていると、ルーファス様が悩《なや》ましそうに呟《つぶや》きながら、スピアと共に追いついた。

「ん？　ロックウェル領は素晴《すば》らしい。全て見過ごせないね。ピアの愛するこの土地が私も好きになったよ。義兄上の代になっても必ずスタン領と友好な関係を続けると約束するよ」

「よかったあ……私がスタン領を大好きなように、ルーファス様にもロックウェルをちょっぴりでも好きになってほしかったのです。ソードとスピアも気に入ってくれた？　今度はパパたちも連れてこようね」

安堵《あんど》からへにゃりと笑って、二匹《ひき》を交互《こうご》に撫《な》でていると、繋いでいた手が肩《かた》に回されて、ぐいと密着し、覆《おお》いかぶさるように頬《ほお》にキスされた。

すると見えない場所から、悲鳴のようなものが複数上がった。

「る、るーふぁす、さま？」

「牽制《けんせい》だ。たとえピアの愛する土地の民《たみ》相手であれ、ピアは私のものになったと教えておかねばね」

そんな必要、絶対ないと思います！

その後、祖父が眠《ねむ》る墓に到着《とうちゃく》すると、ルーファス様は片膝《かたひざ》をつき、約束どおり熱心に祈《いの》ってくれた。

やがて時間になり、祖母にまた遊びに来る約束をして帰路についた。心なしかやつれたマイクと、放心状態のサラを引き連れて。

気を揉《も》んでいた問題が一件落着し、アカデミーの研究室で休日に届いた手紙をマイクに手伝ってもらいながら整理していると、全職員向けの定期連絡《れんらく》が紛《まぎ》れていた。

メガネをかけなおし目を通すと、新年より友好国パスマのイリマ王女がこのアカデミーに交換《こうかん》留学生としてやってきた、とある。

「イリマ王女殿下《でんか》……」

立太子の儀《ぎ》でルーファス様がエスコートしていた王女だと思い出す。そして彼女を慮《おもんぱか》って、大々的な披露宴《ひろうえん》は遠慮《えんりょ》するように、ジョニーおじさんに忠告されたことも。

「留学の希望を受け入れ友好国と関係強化することで、メリークへの包囲網《もう》をより強固なものにしようという一環《いっかん》でしょうね」

肩越《かたご》しに覗《のぞ》き込んでいたマイクにそう説明された。なるほどと頷《うなず》く。

アージュベール王国への留学のお目当ては、純粋《じゅんすい》に勉強だろうか？　それともひょっとしてルーファス様なのだろうか？

しかしルーファス様は既《すで》に私と結婚《けっこん》している。政治的に少しの波風も立てないほうがいいこのご時世に、この状況《じょうきょう》。ちょっとまずいのではないだろうか？「やってきた」ということは、今この時も既にアカデミー内で講義を受けているのでは？

「マイク……どうなってるの？　一体全体……」

「パスマ関係はルーファス様の中ではとっくに既決《きけつ》案件なのですが、おかしいですね。急ぎ確認《かくにん》します」

嫌《いや》な予感しかしない。とりあえず、今日は研究室から一歩も出ないほうがいいだろう。いや、急ぎの返事を出し終えたら帰ったほうがいい。

そう思っていたのに早速《さっそく》午後、研究室がノックされた。応対に出たマイクが顔を引きつらせて戻ってきた。

「ピア様、イリマ王女からアカデミーの貴賓室《きひん》にてお茶会のお誘いです」

「今？」

「はい。研究棟《とう》の玄関《げんかん》で王女の侍女《じじょ》が待ち構えています」

「信じられない……」

こんな突然の招待、本来ならばありえない。しかし「同じ学舎で学ぶ者同士、たまたま居合わせたからお茶をしましょう？」という軽いお誘いならば、咎《とが》められるほどではない。

そもそも相手は王族で、私の在室はバレている。お断りできっこない。

「マイク、どうしよう吐きそう」

事前情報が全くなくて、このお誘いの意図が読めない。でも友好的なお茶会ならば、こんな不意打ちのような真似《まね》をするだろうか？　不安が押し寄せる。

「まだルーファス様の指示が届いておりません。とりあえず、即答《そくとう》しないこと！　ピア様、私を部屋から下げてはいけませんよ！」

「もちろんよぅ！」

既に胃がキリキリと痛みだしている。右手でお腹《なか》を押さえながら席を立った。

重い足取りで階段を下りながら、頭の隅《すみ》からパスマの基礎《きそ》知識を絞《しぼ》り出《だ》す。

パスマは我が国の南東部――エリンのホワイト領よりもさらに南――に位置する友好国だ。南国のため気候は温暖、国民の多くは褐色《かっしょく》の肌《はだ》にカラフルな民族衣装《いしょう》を纏《まと》っている。

次世代エネルギーと目されている石油が一足早く見つかっていることや、国中にリゾート地が点在しているために困窮《こんきゅう》はしていない。つまり王族は余裕《よゆう》のある生活をしているはずだ。

イリマ王女は第二王女で国中から愛されている存在と聞く。そんなお方のお呼び出しを受けて、私は生きて戻れるのだろうか？

研究棟を出ると、イリマ王女の侍女から「王女殿下をお待たせするなんて……」という恐《おそ》ろしいひとり言を聞かされて、怯《おび》えながら食堂の二階にある貴賓室についていく。その昔、フィリップ殿下やキャロラインが過ごしていた場所だ。ゆえに私は初めてだ。

「ピア様、空威張《からいば》りでいいので背筋を伸《の》ばすのです！　あなたは次期スタン侯爵夫人《こうしゃくふじん》。付け入る隙《すき》を与えてはいけません」

マイクが小声で注意する。

わかってる。私が無様な印象を与えれば、これまで私を教育してくれたお義母様《かあさま》と、スタン侯爵家の名に傷がつく。私は下唇《したくちびる》を噛《か》みしめて――今回は気合を入れるためだからいいのだ――お義母様から学んだとおり、天井《てんじょう》から頭を引っ張られているような気持ちで背筋を伸ばし、顎《あご》を引いて入室した。

貴賓室の三人掛《が》けのソファーで体を斜《なな》めにしてゆったりと座っているイリマ王女は、前回拝見した時よりも、ずっと艶《つや》っぽくなっていた。

学生ではあるものの制服ではなく、かといってあのお似合いだった民族衣装でもなく、私の結婚式《けっこんしき》で多くの女性が着ていた流行最先端《さいせんたん》の型のオレンジ色のドレスだ。目尻《めじり》を強調したメイクもばっちりで、文句なしの美女である。

私は形どおりの挨拶をし、「お掛《か》けなさい」と言われてから王女の侍女に指示された一人掛けのソファーに座った。その侍女は王女様の右隣《みぎどなり》に戻っていき、左にはやはり褐色の肌をした男性従者が控《ひか》えていた。

「はじめまして。ロックウェル伯爵令嬢《はくしゃくれいじょう》。華《はな》がないというか、緊張《きんちょう》しなくてもいいお人《ひと》柄《がら》みたいね」

……ああ、残念ながらケンカを売られるお呼び出しだった。私はピア・スタンだ。ロックウェルではない。そして緊張しなくていい云々《うんぬん》は、私のことを雑魚《ざこ》だと言っているのだ。

シルエットモブ悪役令嬢《れいじょう》出身の私だから、地味だ雑魚だと言われることに今更《いまさら》深く傷つくことはないけれど、開始早々攻撃《こうげき》されれば、これからの展開が憂鬱《ゆううつ》になる。

「私、暇《ひま》な時間なんてありませんし、まどろっこしいことは嫌《きら》いなの。単刀直入に言うわ。なぜ図々《ずうずう》しくも私のルーファスの隣に居座《いすわ》っているの？　全く相応《ふさわ》しくないわ。分をわきまえなさい！」

直球だった。王女様はルーファス様を私から奪《うば》うために、国境を越えてやってきたのだ。

「私たちは想《おも》い合っているのに、既に婚約《こんやく》していたせいで彼はあなたに縛《しば》りつけられた。あなたの良心は痛まないの？　もう十分でしょう？　離婚《りこん》しなさい」

王女の中では、私は昔からの婚約を盾《たて》に、ルーファス様の意思に反して結婚を強行した女らしい。ひょっとしたら王女も、私たちの結婚が政略でしかないという噂《うわさ》を聞いたのだろうか？

噂とは面白《おもしろ》いから広がるのだ。それもたいていは意地悪な感情が秘められている。私とルーファス様の仲を知らない人々からあちこちで興味津々《きょうみしんしん》に観察されて、クスクス笑われていると思うと、体がすくんで動けなくなりそうだ。

そして「離婚しなさい」か……想定していなかったわけではないけれど、実際に言われるとズキンと胸が痛む。私の結婚は祝福されていないのだ、と思うと落ち込む。

あれこれ言われっぱなしだが、私は背筋を伸ばしつつ頭を下げ目を伏《ふ》せたままでいるしかない。なぜならば、発言を許されていないからだ。

王女の言い分はどんどんヒートアップする。

「あなた今、国際情勢がどれだけ緊迫《きんぱく》しているかわかっているの？　メリークに対抗《たいこう》するためにパスマとアージュベールは手を取り合うべき時なのに、あなたが邪魔《じゃま》をしている。彼は私と結婚することで、強力な後ろ盾《うしろだて》ができて、支援《しえん》も受けられる。あなたごときが彼に何をしてあげられるというのよ。ちょっとした地図が描《か》けるからって特別扱《とくべつあつか》いされてるらしいけど、それが何？　そんなの臣下なんだから当然よ。それよりも次期侯爵夫人として彼のために何か役に立ったことでもあるの？」

ルーファス様と王女様が愛し合っている前提であれば、私はかなりのお邪魔虫で、それこそ悪役令嬢だ。でも実際は違《ちが》う。絶対に違う！　私たちはあのダイヤモンドダストの煌《きら》めく美しい神殿《しんでん》で誓《ちか》い合った夫婦なのだ！

しかし、これほど自信満々に言い切られると、自分が間違《まちが》っているような気になってくる。そのほうが、この苦痛を伴《ともな》う攻撃から逃《に》げられるからかもしれない。一種の洗脳のようだ。

それに王女はある程度私のことを調べているようで、彼女の言うことはある意味間違っていない。重宝がられている私の地図は、いずれギルドに任せることができるようになる。そして私がスタン次期侯爵夫人として何かを成しえたかと問われれば……何もない。

「いいこと？　私とルーファスが結婚することで両国間の結びつきは強くなり、メリーク制裁への一体感をアピールできるの。アージュベール王国にとって利しかないの。あなたも末端《まったん》ながらも貴族の一員。私欲は捨てて、国のために殉《じゅん》ずるべきでしょう」

確かに王女の言うことには一理あるけれど、私とルーファス様は既に結婚しているのだ。両国の連帯強化のためならば、他の未婚《みこん》の方でもいいと思うのだけど……。

「そもそも私にここまで言わせて動かないとなれば……あなた、いずれ後悔《こうかい》することになるわよ。パスマを敵に回した張本人になるのだから。厳罰《げんばつ》を科されるのではなくて？」

それを聞いて目を見開く。脅《おど》された。まさか、私が言いなりにならなければ、メリークへの制裁からパスマが手を引くこともありえる……とか？　体が小刻みに震《ふる》える。

王女にそこまでの権限はないはずだと思うものの、パスマの王政事情など知らない。王女がここまで強気に出られる以上、外交に直接口を挟《はさ》める立場なのかもしれない。

「ふふっ。と言いつつも、結局あなたはルーファスと離婚して国に貢献《こうけん》するしか道はないのよ。なぜなら既にアージュベール王国の王妃《おうひ》様も認めてくださっているのだから」

まさかの我が国の王妃公認《こうにん》……。指先が冷たくなる。

「ああ、あなたには新しい夫をあてがってくれるそうよ。よかったわね。でも今度は高望みしないことよ。パッとしないあなたには地味な男性のほうがお似合いで、社交界で浮《う》かないと思うわよ」

ちらりと視線を上げてみれば、イリマ王女は勝《か》ち誇《ほこ》ったように微笑《ほほえ》んでいた。それはすっかり忘れていた、前世、彼氏《かれし》の浮気《うわき》現場で愉快《ゆかい》そうに笑っていた女性とピッタリ重なった。

私は、またもや選ばれないの？　やっぱり悪役令嬢の恋《こい》は実らないの？　どんどん思考がマイナスに落ちていく。

「……聞いてるの？　返事をなさい！」

「ピア様っ！」

マイクの声で現実に戻り、必死に声を振り絞る。

「申し訳ありませんが、即答できません。持ち帰らせてください」

すると、王女はますます険しい表情になった。

「……あなた、私に二度手間をかけさせるなんていい度胸ね。わかったわ、今日はお茶会だもの。お茶をお出ししましょう」

王女の侍女が私にだけ琥珀《こはく》色の紅茶を置いた。

「さあ、飲みなさい！」

わけがわからず呆然《ぼうぜん》とする。お茶会はその場で一番高位の者が飲食物に手をつけたのを合図に始まるのだ。でも王女の前には水すらない。

私がとまどっている様子に、先ほどの侍女が王女に耳打ちする。

「作法など気にしないでいい。不敬に問うことはないわ。だから、早く飲みなさい」

極度の緊張と混乱で、もはや私の頭はまともに働かず、言われるままに手を伸ばそうとすると、

「なりません！」

と、マイクが緊迫した声で注意した。マイクの表情にハッとして、慌《あわ》てて気持ちを引きしめる。お茶を飲んではいけない……もしかして毒か何か入っている？

ふと、修道院のキャロラインのところに、他国の人間が〈マジックパウダー〉を求めてやってきたという話を思い出した。まさか、このお茶の中身は〈マジックパウダー〉ということもあり得る？

タイミングと「他国の人間」というところが偶然《ぐうぜん》にも重なっている。

でも、一国の王女たるものが、他国の貴族に毒を盛るなんてありえるだろうか？　私は現段階ではスタン侯爵家の一員なのだ。どんなに疎《うと》ましく思っているとしてもあまりに短絡的《たんらくてき》すぎる。それこそ国家間の問題になりかねない。

私は王女の両脇《りょうわき》に控える従者に視線を移す。私を研究棟に呼びに来て、たった今怪《あや》しい飲み物を給仕した侍女は、私を蔑《さげす》むような眼《め》で見下ろしている。反対側に立つ男性のほうは、私が視線を合わせると、焦《あせ》ったように、目をそらされた。

……なるほど、従者二人も共犯らしい。そのうえこの侍女は忠誠心も厚く、いざという

時は自分一人で罪を被《かぶ》る心づもりのようだ。

とにかく、この怪しい飲み物をなんとか飲まないで済むようにしなければ。

「……恐れながら、突然のお招きでしたので昼食をしっかり取ってしまい、何も喉《のど》を通らなく……」

「私のお茶が飲めないとでも？」

格上の王女に凄《すご》まれ威圧《いあつ》され、もはやちっぽけな私には逆らう術《すべ》などなかった。

仕方ない。きっと多分、ただの重曹《じゅうそう》入り紅茶だ。私は抵抗《ていこう》を諦《あきら》めてカップに手を伸ばした。万が一毒でも……ラグナ学長が解毒剤《げどくざい》を作ってくれると信じて。恐ろしくて震えだしそうになる体を、下唇を噛んで堪《こら》えた。

その時、廊下《ろうか》がガヤガヤと騒《さわ》がしくなった。王女の侍女が様子を見ようとドアを開けた途端《とたん》、その扉《とびら》が限界まで開き、水色のシンプルなドレスを身につけた、私の気高い親友が入ってきた。私は……安堵で泣きそうになった。

「まあ、お茶会？　私も参加させてもらってよろしいかしら？　イリマ王女殿下」

アメリア様だ！　三人もデキそうな侍女や護衛を連れて、その優雅《ゆうが》さでこの貴賓室を一《いっ》瞬《しゅん》で支配した。

「ちょ、ちょっと……キース侯爵令嬢《こうしゃくれいじょう》、随分と強引《ごういん》で不躾《ぶしつけ》ではなくて？」

自分の思っていた展開が覆《くつがえ》されて、王女が不愉快《ふゆかい》さを隠そうともせずアメリア様を睨《にら》みつける。

「お茶会に他国の奥方《おくがた》を先触れなしに、たった一人呼びつけることに比べれば、些細《ささい》なことでしょう?」

そう言いながら、アメリア様はゆったりとした足取りでイリマ王女の隣に腰《こし》を下ろした。

驚いた王女は、若干《じゃっかん》体を端《はし》に寄せて、二人の間にスペースを作った。

「私の隣に座るなど、無礼であろう?」

「まあ。それは申し訳ありません。でも私、陛下より王太子妃と同等の身分を与えられておりますのよ? たいていの場所ならば、自分の判断で座っていいはずなのですが」

そう言って優雅に扇子《せんす》を広げ、口元を隠すアメリア様に、イリマ王女が顔をゆがませた。

王族であるイリマ王女は、表面上はアメリア様――キース侯爵令嬢よりも格上だ。しかし、アメリア様は次期王太子妃どころか……次期王妃である。

〈マジキャロ〉事件で最も大きな被害《ひがい》を受けたものの、王家に残る選択《せんたく》をしてくれたアメリア様に、この国の男性王族は最大限の敬意を示す。もはやその未来は確定で、やがてアメリア様はこの世界の女性の頂点のうちの一人になるのだ。

二人の立場は少なくとも同格。

「どうやらルーファス様が、キース侯爵令嬢を差し向けられたようですね」

イリマ王女サイドがアメリア様に意識を向ける中、マイクが私に耳打ちする。次期王太子妃を先遣隊《せんけん》に使うなんて、ルーファス様しかできない。そしてそれに応じて駆《か》けつけてくれたアメリア様……あまりの尊さに、今度は感激の涙《なみだ》がにじむ。

私も大好きな夫と親友に恥《は》じぬ態度を取らなければ！　私は薬指の指輪をぎゅっと包んで気合を入れなおした。

「キース侯爵令嬢、どのようなご用件でいらしたの？」

「もちろん、我が国にいらした王女殿下への挨拶に。我が国には王女はおりませんので、私が細やかにサポートするようにと、陛下から直々に仰《おお》せつかっております。今のところ何も不自由はございませんか？」

アメリア様が陛下の名前を使うと、イリマ王女はこれまで隠そうともしなかったイライラを抑え込んだ。

「……特にありません」

「それはよかった。そして私、これにいるスタン侯爵子息夫人とは、極《きわ》めて親しくしておりまして。うふふ、先日は結婚式にも王太子殿下と参列しましたの。とっても素晴らしく楽しいお式だったわねえ、ピア」

「アメリア様にご参列いただき、光栄の極みでございました」

私はアメリア様に深々と頭を下げた。

私たちの結婚は自分も王太子殿下も、そして陛下も認め、祝福していると、イリマ王女の瞳《ひとみ》を見据《みす》えてアメリア様は宣言してくれた。

「私がお相手することになった王女殿下と大親友がお茶会をしているとあれば、それは是非ともお邪魔をしなければ、と思うのが自然でしょう?」

アメリア様が自然とおっしゃるならば、誰《だれ》がなんと言おうと自然なのだ。

王女は口元を引き絞り、次の手を考えているようだ。しかし、アメリア様は攻勢《こうせい》の手を緩《ゆる》めない。アメリア様はこの数年散々苦労されたせいで、パスマの王宮で蝶《ちょう》よ花よと育てられた王女よりも、ずっとずっと……老獪《ろうかい》だ。

「あら、お茶会ということでしたのに、カップはたった一つ? まあ……」

アメリア様は一瞬で底冷えする沈黙《ちんもく》空間を作った。そして扇子をパンと音を立てて閉じて、自分の侍女に手渡《てわた》し、なんとそのカップを自分に引き寄せ手に取った。

「私、王妃様の代理としての執務《しつむ》中に、急いでこちらに参りましたの。だからとっても喉が渇《かわ》いてしまって……このお茶、まだ誰も口をつけていないのでしょう? ならば私、遠慮なくいただくわ」

アメリア様とその侍女たち以外の人間が凍《こお》りつく。アメリア様は将来、王を産み育てるお体なのだ。アメリア様の健康こそがこの国の永久の安寧《あんねい》に繋がる。アメリア様にだけは得体のしれないものを飲ませてはならない。

どうしよう。私が止める? 私がアメリア様からカップを奪い取る? 誰も動かないならばそれしかない！

いよいよカップがアメリア様の口元に辿《たど》り着いた。私は決断して腰を浮かせ、アメリア様に手を伸ばそうとしたその時、

「飲まないでっ！」

王女がギリギリのタイミングで叫《さけ》んでくれた。ようやく……。私は詰《つ》めていた息を吐き出した。

「……メグ、これを鑑定《かんてい》に」

アメリア様がカップを侍女に差し出すと、侍女がソーサーを蓋《ふた》にして持ち去ろうとした。

「お、お待ちください！　なにとぞお情けを！　悪意はなかったのです！」

ブルブルと震える王女の横から、これまで傍観《ぼうかん》していた男性従者が声を上げ、頭を下げた。

「……悪意のない毒殺なんてありえるのかしら？　それも王太子の婚約者である私に対して」

アメリア様が自分の手に戻った扇子の先を、パスマサイドに突《つ》きつける。

「あなた様を狙《ねら》ったわけではありませんっ！」

王女の侍女がヒステリックに叫ぶ。

「……つまりスタン侯爵子息夫人を狙ったと。私を標的にするよりもある意味罪深いわ。

私の代わりはいても、ピア様の代わりはどこにもいないというのに。まあ、そのお茶を調べれば全て明るみに出るわね。ここで素直《すなお》になってくだされば……少しは温情があるかもしれないけれど、しらを切るならば、御身《おんみ》を預からせていただき、国の代表としてパスマに正式に抗議《こうぎ》します」

「も、申し訳ございません！　全て私の独断でございます。殿下は何も知らないのです。裁くなら私だけを！」

先ほどまで厳しい目を私に向けていた王女の侍女が、泣きながら膝《ひざ》をつき頭を垂れた。

「知らなかったというわりには、私が飲むのを止めたのは王女殿下でしたわよね？　お茶に入っているものについてご存じだったのではなくて？」

アメリア様が扇子を口元に当てながら王女に目を向けると、王女が右下方面を睨みつけながら、いかにもしぶしぶといったふうに口を開いた。

「わ、悪かったわ」

「何に対してかしら？」

たった一言の謝罪の言葉では、アメリア様は良しとしなかった。

「お茶に薬を入れたことに……」

「薬ね……どんな薬なのかしら」

「……ほんっとにしつこいわね！　強情《ごうじょう》な人間も素直になる薬よ！　それを飲めば身《み》の

程《ほど》をわきまえて、私の言うことを聞くようになると聞いたわ。毒なんかじゃないのにいちいち事を大きくして、恥ずかしくないの⁉」

「姫様《ひめ》っ！」

従者の悲鳴が部屋中に響《ひび》く。

イリマ王女はアメリア様に追い詰められてプライドが傷つけられたのか？　唐突《とうとつ》に開きなおってしまった。それにしても相手を意のままに操《あやつ》る？　それは〈虹色《にじいろ》のクッキー〉の効能そのもので、思わずぎょっとする。

〈マジキャロ〉事件の詳細《しょうさい》は他国に漏《も》れていないとルーファス様は言っていた。ハニートラップに引っかかったなんて自国の恥《はじ》でしかないし、国の打撃《だげき》のほどを他国に晒《さら》すのは外交上よろしくないからだ。

メリーク帝国《ていこく》には独自の毒があり、それをスパイが持ち込み、アージュベール王国を陥《おとしい》れようとした、もちろん未遂《みすい》で捕《と》らえ、処分した、程度の情報開示だ。

なぜ、〈マジックパウダー〉を効能ごと知っている？

「アメリア様、発言してもよろしいでしょうか？」

アメリア様が私に静かに促《うなが》す。

「イリマ王女殿下、一体そんな怪しげなお薬、どうやって手に入れたのですか？」

「あなたのところの貴族に聞いたのよ。アージュベール王国のフォスター修道院で作っていると。薄紅色《うすべに》の瞳の修道女が窓口だから、丁寧に頼《たの》めば分けてくれるはずだ、と」

ピンクの瞳の人間なんて、私はこれまでキャロラインしか見たことがない。

この世界はもちろん私にとって現実だ。しかしそれでも敢えて言うと、ピンクの瞳はゲームのヒロイン仕様だと思う。この世界に彼女しかいないか、いたとしてもほんの数人ではないだろうか？

つまり、あの修道院のピンクの瞳の女性なんて、キャロラインと名指ししているようなものだ。

「その情報は国家機密であり大変危険なものです。具体的に誰から聞いたかお聞きしても？」

アメリア様が微笑みを消して凄む。

「し、知らない！ 入国してすぐ王妃殿下《おうひでんか》のお茶会に呼ばれた時に、同じテーブルだった男性よ。若くてハンサムで、身なりの良い男だったわ」

「王妃様、また新しいイエスマンを取り巻きに加えたようね」

アメリア様が温度のない声でボソリと呟いた。王妃様は一流の人間にちやほやされるのが大好きだから、ローレン元医療《いりょう》師団長をそばに置いていた、とルーファス様から聞いたことがある。

「あとは……背は高く金髪《きんぱつ》で碧眼《へきがん》だったかしら。子爵《ししゃく》と呼ばれていたわね」

……その容貌《ようぼう》、もしかしてマリウス・ベアード子爵？　まさか最近、王妃様のもとに参《さん》内《だい》しているというの？

　彼の父、元ベアード伯爵は〈マジックパウダー〉を入手し、王妃の最愛の息子《むすこ》であるフィリップ殿下の健康を害した元凶《げんきょう》だ。息子であるマリウスは関与《かんよ》していなかったことになったとはいえ、普通は会いたくない相手のはずだ。

　それでも王妃の懐《ふところ》に入ったのだとしたら、マリウスは処世術にものすごく長《た》けた人なのかもしれない。

「ああ、純金のユニコーン模様のカフスボタンをしていたわ。よほどの成功者でしょう？」

　ユニコーン……ベアードの紋章《もんしょう》も対《つい》のユニコーンだったと思い出す。

「そのようにきちんとしていて、かつ王妃様の懇意《こんい》の方が薦《すす》めてくれたのよ？　問題あるわけないでしょう！　それなのにこのように責められて……私、大変気分を害しました。覚えてなさい！」

　かんしゃくを起こす王女に、アメリア様は優雅に立ち上がり、王女と目をしっかりと合わせた。

「王女殿下、人を操るような代物《しろもの》は薬ではなく毒と言うのです。王妃殿下と懇意であろうが、明らかに一線を越えています。私はその毒を飲み、あなたに操られるところだった。

次期王太子妃として、厳重に抗議いたします」

「くっ！　出すぎた家臣など煩《わずら》わしく、統治の邪魔でしかないわ！　王妃様もそうお考えなんだからっ！」

もし本当にそれが王妃の考えならば、出すぎた家臣とはスタン侯爵家と私、ということなのだろう。そこまで目障《めざわ》りに思われているなんて、ただただ悲しい。

「宰相閣下とルーファス様がいなければ、国政は瞬《また》く間《ま》に止まるのに。そしてピアが死ねば国益を損ねるだけでなく、最強と謳《うた》われる私兵を持つスタン家は黙《だま》っていないのにね」

アメリア様は私をちらりと見やって、私にだけ届く声でそう言った。

「ああっもう、抗議するならばすればいいわ！　全く大した薬ではないのに大げさな！」

大した薬だから問題なのだ。しかし、実際問題〈マジックパウダー〉の詳細をパスマに話すことはできない。結局のところ、抗議も気の抜《ぬ》けたものになるだろう。

再びカリカリと怒《いか》りを見せ始めた王女を、途方《とほう》に暮れて見ていると、ようやく貴賓室のドアが勢いよく開き、我らのラグナ学長が駆けつけた。

「イリマ王女殿下、私は殿下をお預かりする教育者としてパスマ国王陛下よりきちんと了解《りょうかい》を得ておりますので、耳に痛いことも言いますぞ。高貴なお立場なればこそ、周囲を動揺《どうよう》させるふるまいは慎《つつし》まねばなりません。きちんとゆとりをもった行動を心がけ、鷹《おう》揚《よう》に構えねば。さて、アカデミーの本分は学問です。王女殿下は輝《かがや》かしきパスマ王国の代表としてどうしても必要な知識を得るために留学してきたのでしょう？　ちょうどよい資料があります。私が案内しましょう。どうぞこちらへ」

学長は手を廊下に向けて差し出して、王女が退室するように促した。

「そ、そうよ、私は忙《いそが》しいの。土を掘《ほ》り起《お》こして専門家ぶってる人の相手をしてる暇なんてないわ。学長、ご苦労様。行きましょう」

王女はツンと顎を上げて、学長に先立って侍女を引き連れ部屋を出た。男性従者はやつれた顔をして、アメリア様に再び深く頭を下げ、小走りで王女のあとを追う。

学長もアメリア様に一礼し、私に向かって「すまん」と口パクして出ていった。


「「「はあ……」」」

私、マイク、アメリア様、アメリア様の従者の皆様《みなさま》が一斉《いっせい》にため息をついた。

「アメリア様、駆けつけてくれてありがとうございます」

私が深く頭を下げると、アメリア様は目を伏せて顔を横に振った。

「ピア様には身分的に太刀打《たちう》ちできない相手よ。私を呼んで正解です」

「発言をお許しください。我が主《あるじ》があなた様に連絡を？」

マイクが失礼のないよう腰を低くして尋《たず》ねる。

「ええ、ルーファス様は会議の真っ最中で抜けられなくて。私が同じ王宮にいてよかったわ」

アメリア様の公務は医療院への慰問《いもん》なども多く、常に王宮にいるわけではない。本当に運がよかった。

「正直、もうあの薬入り紅茶を飲むしかないと腹をくっておりました。アメリア様は命の恩人です。生涯アメリア様を家臣の一人としてお支えいたします」

多分、薬は重曹だけれど、百パーセントそうとは言い切れない。想像とは全く違う恐ろしい思惑《おもわく》が水面下で蠢《うごめ》いていて、本当に即効《そっこう》性の毒だったかもしれないのだ。

「何を言ってるの。私たちは親友でしょう？」

そう言って、アメリア様は普段《ふだん》よりも、無邪気《むじゃき》な笑顔《えがお》を見せてくれた……と思った途端、表情を引きしめた。

「でもね、留学して早々のこの騒ぎ、結果的に実害はないし、今パスマ王国とギスギスした関係になるのも得策ではないし、ベアード子爵と思われる件も、結局名前も出ず証拠《しょうこ》としては弱い。何もかもが中途半端《ちゅうとはんぱ》な処罰《しょばつ》になると思うの。ピア様がこんなにも怖《こわ》い思いをしたというのに」

アメリア様の意見に私はしっかり頷いた。私だって、私が発端《ほったん》でパスマと仲たがいしてほしくなどない。

でも、胸にモヤモヤは残る。今日まで挨拶したこともなかった王女に一方的に嫌われて、罵《ののし》られ、私という尊厳を奪われかけた。そして、彼女は罰《ばっ》せられない。鼻にツンとくる。

するとアメリア様がそっと私の手を取り、顔を横に傾《かたむ》けた。

「ねえピア様、まだお仕事残ってる？　キリがいいところならば、私をスタン侯爵家御用《ごよう》達《たし》の文具店に連れていってくださらない？　ルーファス様の『ピア』と彫《ほ》ってあるペンを見て、エドワード王太子殿下も欲《ほ》しくなっちゃったんですって！」

「いやあああ！　恥ずかしい〜！」

ルーファス様ってば、なんてものを王太子殿下の前で使ってるのっ！

と心で叫びつつも、アメリア様の私への思いやりがひたすらありがたくて、一緒《いっしょ》に街に繰り出した。

文具店主人のモーガンさんは、未来の王妃殿下の登場と、ペンに『アメリア』『エドワード』と彫るようにという注文に、気絶してしまった。


店でアメリア様と別れて、迎《むか》えの馬車に乗った。

扉を閉めれば静寂《せいじゃく》が訪《おとず》れる。背もたれに体を預けると、自然と数分前の楽しかった時よりも、どうしてもあのイリマ王女との恐ろしい時間を思い出す。

目を閉じて、真剣《しんけん》に考えてみる。もしも、ルーファス様と離婚せよとの王命が下り、ルーファス様がパスマに行ったら、私はどうするの？

ルーファス様が抗《あらが》えなかった相手になんて、私が立ち向かえるはずがない。だからといって、ルーファス様を、ルーファス様とのこれまでの時間ごと諦めるの？　考えただけで泣けてくる。

「ずっとおそばで非力なりに支えていこうと、誓っていたのに……」

さらには王女が言うように、あてがわれた見たこともない男性となんて結婚できる？　そんなの無理だ。ルーファス様以外の隣になんて立てない。ルーファス様じゃないとダメなのに。

でも王家のセッティングした縁組《えんぐみ》を断れば、ロックウェル伯爵家がお咎めを受けるのでは？　家族や領地の大事な人々に苦労をかけるなんて、そんなこと自分が許せない。

「……死んだふりして、国外に出るしかないのかな……」

国には死んだと届け出て、新しい縁組を回避《かいひ》して、国を出て名を捨てて、一人で生きていこうか？　まさかまた、この選択肢《せんたくし》を考えることになるなんて……。

ここにきて、〈マジキャロ〉の未来に怯えていた私が蓄《たくわ》えてきた、手つかずの『国外追放になった時の備え』が、役に立つかもしれないなあ、とぼんやり思った。

第四章　キツネ狩り

「おはよう、ピア。呼び立てて悪いね」

「おはようございます、お義父様《とうさま》」

イリマ王女との恐怖《きょうふ》のお茶会から一夜明けた。

昨夜、嘘《うそ》のつけない私は気落ちしたままで、取り繕《つくろ》うこともできず、せっかく早めに帰ってきてくれたルーファス様と、食事中に楽しい会話もできなかった。

そんな弱っている私にルーファス様は何も聞くことなく、そっと抱《だ》きしめて寝《ね》てくれた。

そして今、出勤するルーファス様に連れられて、私はなぜかお義父様の仕事場、王宮の宰相室《さいしょうしつ》にやってきている。

お義父様の用事ならば一も二もなくはせ参じるけれど、なぜ、職場に家宝のネックレスを二連づけせねばならんのか？

毎度のことではあるけれど、出がけにルーファス様に有無《うむ》を言わさずつけられた。服装自体は行き先が仕事場であることを考え、ルスナン山脈の針葉樹のような濃《こ》いグリーンのシンプルなワンピースにベージュのコートと地味にまとめていたのに、王宮に入る前にルーファス様にコートを奪《うば》われ、首回りが丸見えに！

私には似合わないと思われたのか？　この場に相応《ふさわ》しくないアクセサリーだと呆《あき》れられたのか？　とにかくこれまで以上に、すれ違《ちが》う皆様《みなさま》の視線がビシビシと突《つ》き刺《さ》さって、痛かった。

ここは国の政務の最高権力者の部屋……ルーファス様がお義父様と大事な話をしている間、ついキョロキョロと立ち歩いてしまう。

全体的に濃いブラウンでまとめられたお義父様の雰囲気《ふんいき》にぴったりのシックな部屋だ。あの焦《こ》げ茶《ちゃ》の革《かわ》張りのデスクチェアーの座り心地《ごこち》はどうなのだろう？

などとすっかり社会科見学していたら、左奥の壁《かべ》に設置してある書棚《しょだな》がするすると横にスライドした。

「きゃあ！」

驚《おどろ》きすぎて声を上げ、慌《あわ》てて両手で口元を覆《おお》うと、ぽっかり空いた薄暗《うすぐら》い空間から……陛下が現れた！

ふとアカデミーに入学前、小さなお茶会で初めてジョニーおじさんと会った日のことが頭に浮《う》かぶ。あの時おじさんは突然《とつぜん》現れて突然消えた。そうか、王宮は隠《かく》し通路が張《は》り巡《めぐ》らされているのか。

すかさず私の前に出て、臣下の礼を取るルーファス様を真似《まね》る。

「おはよう。そしてルーファス、ピア、結婚《けっこん》おめでとう。良い式だったと息子《むすこ》たちから報告を受けている。……ああ、ネックレスも二つともよく似合っているね。もちろんピアこそが所有者だ。ひとまず座ってくれ」

そういえば、この〈妖精《ようせい》のハート〉を王妃《おうひ》は欲《ほ》しがっているという話だったなと思い出す。王妃は宝石がお好きなようだ。

陛下は一番の上座にお一人で座り、角を挟《はさ》んで左にお義父様、右にルーファス様が座る。そして私はルーファス様の隣《となり》に浅く腰《こし》かける。

「早速《さっそく》ですが、昨日のイリマ王女による当家のピア・スタンに対する毒殺未遂《みすい》について、スタン侯爵《こうしゃく》家《け》当主として厳罰《げんばつ》を求めます。また、嫡子《ちゃくし》ルーファスとピアの離婚《りこん》や、ルーファスのパスマへの婿《むこ》入りを命じたこと、これらは我らへの侮辱《ぶじょく》に他ならない。厳重に抗議《こうぎ》いたします。この会合ののち、我々は領地に下がらせていただきます。もちろん新年の顔合わせである狩《か》りも欠席いたします。それ相当の対処をされましたら、ご連絡《れんらく》くださいませ」

お義父様が陛下に正面から淡々《たんたん》と述べた。陛下との信頼《しんらい》関係があり、人払《ひとばら》いした宰相室だからこそ、こんな真似ができるのだろう。そして陛下もそれを納得《なっとく》したうえで、会見場を宰相室にしたのだ。

それにしても、領地に下がるって……。

「レオ……」

陛下が腕《うで》を組み、悩《なや》ましげに目をぎゅっと閉じる。しかしお義父様は容赦《ようしゃ》なく続ける。

「そもそも、王太子殿下《でんか》の立太子の儀《ぎ》の際、パスマは招いてもいないのにイリマ王女を連れてきて、あげくエスコートがいないからとルーファスを指名した。慶事《けいじ》に水を差してはいけないと誠《まこと》に遺憾《いかん》ながら従ったわけですが、その時にこんなことは一度きりだと、婚約《こんやく》者《しゃ》がきちんといると陛下にもパスマにもはっきりお伝えしました。そして、ルーファスとピアは結婚し、その書面にサインしたのは他ならぬ陛下です」

陛下は黙《だま》って頷《うなず》いた。

「昨日のイリマ王女のピアへの暴言、一言一句報告を受けております。ピアはまだ指で数えられる歳《とし》の頃《ころ》から我がスタン侯爵家にひたむきに尽《つ》くしてくれた、もはや我が娘《むすめ》です。その娘へのあまりの仕打ちに私も立場関係なく打ち震《ふる》えております」

お義父様が、私のことを娘と言って、怒《おこ》ってくださっている……。

「なぜこのような仕打ちを受けねばならんのか、全くもって理解できない。そしてどうやらイリマ王女は王妃殿下《おうひでんか》に助言を受けていたとのこと。そんな不用意な言動を放置された陛下の考えも、到底わかりかねます。我が侯爵家に迎《むか》え入《い》れて早々、ピアをこんな目に遭《あ》わせて、ロックウェル伯爵《はくしゃく》に顔向けができない。今頃《いまごろ》ビアンカが伯爵夫妻に頭を下げていることでしょう」

「えっ」

緊迫《きんぱく》した雰囲気の中、思わず声を上げてしまった。お義母様《かあさま》がロックウェル邸《ち》に訪問中？　そんなこと、初めてでは？　私、ご迷惑《めいわく》をかけてる？　私が上手《うま》く立ち回れなかったから、おそらくフィリップ殿下とルーファス様のような関係の陛下とお義父様の仲に亀裂《きれつ》を入れた？　お義父様とお義母様の私への配慮《はいりょ》はとてもありがたいけれど……。

思わず下唇《したくちびる》を噛《か》み、ぎゅっと両手を握《にぎ》り込んでいると、ルーファス様がその上から大きな手で包み込んだ。

「ピアは何一つ悪くないよ。家長として常識的で当然のことを父は話しているだけだ」

「……そうだ。ピアに落ち度などない。アメリアから今にも倒《たお》れそうに真っ青な顔をしていたと報告を受けている。悲しい思いをさせて……すまなかった」

ルーファス様の発言を継《つ》いだのは、まさかの陛下だった。陛下は私を見て辛《つら》そうに眉尻《まゆじり》を下げたあと、背筋を伸《の》ばし、私たち各々《おのおの》の瞳《ひとみ》を順に見て静かに話し出した。

「昨日のアカデミーでの一件、私もアカデミーに配置している者から正確に報告を受けている。そしてアメリアをピアのために差し向けたこと、最もスマートな解決方法だった。ルーファス、さすがだ」

陛下のお褒《ほ》めに与《あずか》ったことで、ルーファス様が無表情に頭を下げる。

「聞いた報告は……影《かげ》すら私に伝えるのを躊躇《ちゅうちょ》するほど情けない話で、正直、気が遠くなった。まずはっきり言う。ルーファスとピアの結婚に同意したのはこの私であり、国益のために二人を離婚させ、ルーファスを国外に出すなんてことはありえない。天賦《てんぷ》の才と本人の努力により、国の舵取《かじと》りを若干《じゃっかん》十代で既《すで》に任せられる人材と、測量や採掘《さいくつ》というこれまでにない分野から国の発展に尽くす人材。その二人からの信頼を失い流出させるなど、それこそが国益の損失。そんなことをしたら私は愚《ぐ》王として末代まで誹《そし》りを受けるだろう」

陛下が、昨日のイリマ王女の発言を完全否定した。

「私人として言えば、私とてルーファスとピアの成長を我が子のように見守ってきた。二人が初恋《はつこい》を実らせる様子も、互《たが》いが互いに相応しくあろうと研鑽《けんさん》する日々もずっとだ。そんな二人を引《ひ》き離《はな》すようなことをするわけがない。さらに言えば二人はフィルの命の恩人だ。改めて礼を言う。ありがとう」

「と、とんでもありません」

陛下に頭を下げられてぎょっとする。そしてお忙《いそが》しい中私たちのことを気にかけてくださっていたことがわかり、胸が少し温かくなった。

しかしルーファス様は私と違って、またもや無言で頭を下げるだけだった。

「イリマ王女のあの発言の根拠《こんきょ》は、残念ながら我が妃《きさき》の浅慮《せんりょ》な発言のようだ。私がきちんと妃の勘違《かんちが》いを否定し、ピアとルーファスは幸せな新婚夫婦《しんこんふうふ》であり、共にいることでより一層力を発揮してくれると説明した……」

結局のところ王妃と王女の女性ラインの勝手な暴走ということのようだ。それにしても陛下、いろいろと言葉を選びあぐね、歯切れが悪い。

「パスマ国王にはもう一度、イリマ王女とルーファスの婚姻《こんいん》などありえないこと、そして王妃の軽率《けいそつ》な発言で迷惑をかけたことへの詫《わ》びを、非公式ルートで伝える。しかし、修道女の『大事な痛風の薬』を強引《ごういん》に奪った件はあちらの完全な非で、表ざたにはできないが抗議し謝罪を引き出し、パスマに渡《わた》ったその薬の残りは回収させる……許せ」

つまり、その薬をティーカップに入れて私を操《あやつ》ろうとしたことは、立件できないということだ。アメリア様のおっしゃったとおりだ。

「そういえば、昨夜疲《つか》れていたピアには言わなかったけれど、紅茶への混入物はやはり重曹《じゅうそう》だったんだ」

ルーファス様が教えてくれた。それだけは、証拠《しょうこ》があるから抗議ができるってわけだ。

「その程度のことで、スタンを慰留《いりゅう》できるとでも？」

お義父様が、面白《おもしろ》くなさそうに笑った。私には一度も見せたことのない冷めた表情。ルーファス様の怒っている時の瞳に似ている。

「……王妃は……なんとかする。私が」

陛下が振《ふ》り絞《しぼ》るように言った。

「王妃殿下はポッジオ王国の王女で、かの国はまだ王妃殿下を溺愛《できあい》する父王が君臨されていますが？」

「そのあたりもきちんと根回しをするさ。ただ、王妃が突然表舞台《おもてぶたい》から消えれば国民が動揺《どうよう》する……先日の王太子の変更《へんこう》でバタバタした印象を既に与《あた》えてしまっているしな。長くは待たせない。不自然でない状況《じょうきょう》を作るので、もう少し堪《こら》えてくれ」

陛下とお義父様はしばらく見つめ合い、お義父様がはあ、と大きなため息をついて、疲れた表情で髪《かみ》をかき上げた。ちらりと上目遣《うわめづか》いにルーファス様を見て、ルーファス様も陛下に黙礼《もくれい》を返した。どうやらここが落としどころのようだ。

執務《しつむ》に戻《もど》ると立ち上がった陛下をお見送りしようと腰を浮かせるが、手でそのままと促《うなが》された。陛下は大股《おおまた》で隠し通路に戻り、からくりの扉《とびら》は静かに塞《ふさ》がった。

「なんだか……メリークやベアードの一番の被害者《ひがいしゃ》でもあるのに、陛下もお気の毒です」

去り際の背中が寂《さび》しそうに見えて、ついそんな言葉が出てしまった。

「それとこれとは別だ。いい加減腹をくくってもらわねば。これ以上は看過できん」

お義父様がそうおっしゃりながら執務用の机に戻られたので、一言お断りを入れてお茶を淹《い》れた。楽しい集まりではなかった。一服したほうがいい。

「ピアはお人よしすぎるよ。昨日は駆《か》けつけられずごめんね」

ルーファス様はそう言うと、何か痛みを感じたかのように顔をゆがめた。私は慌てて首を横に振る。

「このように頼《たよ》りになるルーファス様とお義父様、そしてお義母様が私にはいますもの。大丈夫《だいじょうぶ》です！　ほら、こんなに元気」

そう言いながら、まずお義父様の机にお茶を置くと、お義父様はニコッと砕《くだ》けた笑《え》みを私に返してティーカップを手に取り、香りを楽しんでから一口飲んだ。

私たちも元いたソファーに戻り、淹れたてのお茶で一服する。温かさにホッとする。耳元でルーファス様が「うん、美味《おい》しい」と言ってくれた。

そんな私たちを見ていたお義父様が、真剣《しんけん》な声で呼びかけた。

「ピア、もうこのような目に遭わせるつもりはないが、いざとなれば、ピア一人領地に戻すこともありうると覚悟《かくご》しておきなさい」

その「いざ」は王家と対立した時のことだろうか？　そんなことは考えたくないけれど、お義父様が私の安全のために言ってくれているのはわかる。私は承知したことを頭を下げて示す。

「私はスタン領が大好きです。その時は化石を掘《ほ》りながら皆様のお帰りをお待ちしています」

スタン領に戻ることは昔も今もご褒美《ほうび》でしかない。しかし一人での滞在《たいざい》はこれまでなかった。いつも一緒《いっしょ》にいることに慣れすぎて、途端《とたん》に心細くなったけれど、「いざ」を知っておくことは大切だ。心の準備ができるもの。

それに一人と言っても、ルーファス様と離婚しての「一人」とは一八〇度違う。間違《まちが》いなくルーファス様が戻ってくる、彼の愛するスタン領で、仲間と一緒に待つのだ。

私は改めて納得し、自分にうん、と頷く。その様子を眺《なが》めていたお義父様が話を続けた。

「……いい子だね、ピアは。ピア、スタン侯爵領の女主人はね、初代領主が手に入れた〈妖精のハート〉か〈妖精の涙《なみだ》〉を身につけ、スタン神殿《しんでん》にて誓約《せいやく》した女のみ、と、スタンの地を賜《たまわ》った時より定められている」

「え？」

思わず胸元《むなもと》に視線を落とす。この宝石が女主人の証《あかし》だとは私の誕生日に聞いていたけれど、そこまで固められた立場を表すものだったなんて。ルーファス様を見れば、そのとおりだと言うように頷いた。

「領民は皆、その条件を満たさぬ女など認めないし、女主人以外の本邸《ほんてい》の出入りは、当主からの連絡なくば許されない」

だからお義母様は私たちの神殿での挙式にこだわって、ルーファス様も急いで進めようとしてくれたのだ。そして神殿での挙式後の領民たちの歓待《かんたい》ぶり……。

「つまり、たとえ王族だろうと、私とルーファスの承諾《しょうだく》なしにスタン領に一歩も足を踏《ふ》み入れることはできないし、我が領境はいかなる圧力もはねのける力を備えている。どこよりも安全だと自負しているよ。私たちは昔から、自分の選んだ女が奪われるのも傷つくのも大嫌《だいきら》いなんだ」

お義父様が目をキラリと光らせて、口の端《はし》を上げた。それはこれまで見たことのない表情で……好戦的とでも言えばいいだろうか？

私が戸惑《とまど》っていると、ルーファス様が私の腰に手を回し、意識を向けさせた。

「ピアは特段早いうちから本邸に入ったからね。トーマをはじめ使用人にとっては未来の女主人であると敬いつつも、石掘りや犬と転げ回るのが大好きで、自分たちにすぐに懐《なつ》いた可愛《かわい》い可愛い女の子だったんだ。早々にピア独自のポジションを確立し、誰《だれ》もがピアに私たちに向けるものと同様の忠誠を誓《ちか》っている」

「転げ回っては、おりません」

そこはきちんと否定しながら、私が十歳から毎年スタン領で楽しく過ごしていたことの別の側面を知った。あの日々はただのバカンスではなく、ステップでもあったのだ。

「そうだっけ？　とにかくピア以外の妻など、私も、父も母も、領民も、お呼びじゃないのさ」

つまり、たとえ陛下が約束を守れず、今後も王妃や王女が私に狙《ねら》いを定めて傷つけようとしたり、ルーファス様の妻の座から追い出そうとしたりしても、戦ってくれるということだ。私を守ろうとしてくれるのはありがたいし嬉《うれ》しい。でも……不安から両手をぎゅっと握り込む。

「私のために、トーマさんたちが怪我《けが》をしたり、王家に背《そむ》いたとか不名誉《ふめいよ》な噂《うわさ》が立ったりしたら、嫌《いや》です……」

「トーマも護衛も怪我などしない。噂ごときで傷もつかない。そんな甘い鍛《きた》え方をした人間など雇《やと》っていない。ピアの取り越し苦労だ」

「そうなんですか？」

トーマさんも護衛の皆さんも庭師やシェフといった使用人の皆様も、穏《おだ》やかな人柄《ひとがら》の方ばかりなのに。しかし、ルーファス様がそうおっしゃるのならそうなのだろう。

「だから、『死を偽装《ぎそう》して、国外に出る』必要はない。行くとすればスタン領だ。いいね」

「はい……」

――どうして私の考えを⁉　……ああ、またマイクだ。私は両手で顔を覆う。

「ピア、まあそういうことだ。ではルーファス、ピアを送ってから仕事を始めなさい」

「え？　この王宮でご政務なのに、そんな二度手間な！　私一人で帰れます」

「ピア、私がピアを一人にして泣かせたくないんだ。それに嫌な記憶《きおく》がぶり返すかもしれないだろう？　では父上、後ほど」

「急がなくていい。この機会に少し仕事をセーブする」

「はい」

過保護なお義父様の言いつけで過保護なルーファス様の膝《ひざ》の上に乗ったまま、私は帰宅した。一日外出禁止を言い渡され、サラに見守られ、トーマさんや神官長様に手紙を書いて過ごした。


その週末、私はルーファス様とお義母様に連れられて、初めて『キツネ狩《が》り』に参加した。

『キツネ狩り』は晩夏の『舞踏《ぶとう》会』と共に王家主催《しゅさい》の二大年中行事である。それ以外のパーティー関係は立太子の儀のように特殊《とくしゅ》なものか、他の貴族が主催したものだ。スタン侯爵家はお義母様が自分の信頼できるご友人を集めたお茶会くらいしか開かないけれど。

つまり国内で最も格上の社交場だ。ゆえに参加者は厳選され、未成年は認められず最低でも伯爵位の夫婦連《ふうふづ》れである。

ちなみにロックウェル伯爵家もその昔は招待されていたらしい。しかし、祖母が足の怪我を負ってからは、招待する側も遠慮《えんりょ》したのかなくなったとのこと。正直言うと助かった。

狩りは武器に装備に馬に犬にとお金がかかるのだ。そして必然的にあの家よりも良い馬を！　あの家よりも良い馬具を！　と貴族の見栄《みえ》の張り合いに発展する。

それに、この国の『キツネ狩り』は猟犬《りょうけん》が追い立てたあと、参加者が仕留めるルールなので、狩りに出る男性はそこそこの腕前《うでまえ》がないと赤っ恥《ぱじ》をかく。全く不得手な参加者は獲物《えもの》を仕留められなかった時のために、既に狩り終えた動物を前日から準備するほどだ。

また、男性陣《じん》を待っている間、女性陣はその年の流行最先端《さいせんたん》のドレスを纏《まと》い、王族に少しでも贔屓《ひいき》してもらおうと売り込み合戦に参戦しなければならない。

聞けば聞くほど楽しい要素が見つからない。しかし、二つの王家の行事に参加して、その年のその様子を語ることこそがステイタス……と考える人も案外いて、毎回大盛況《だいせいきょう》らしい。そしてその盛況加減が王家の人気のバロメーターとなる。

そんな『キツネ狩り』に筆頭侯爵家のスタン家が参加しなかったら？　スタン家の王家への忠義が疑われ、そして逆に忠義をなくされるようなことを何かしでかしたのかと、王家が疑われ……と、社交界に激震《げきしん》が走ることだろう。陛下との歓談《かんだん》の時、お義父様がちらっと不参加をほのめかしたような？

とにかく参加したほうが無駄《むだ》な注目を集めないことは確かだ。私も腹をくくる。

今回王家からの招待状は義両親宛《あて》と、私たち宛に二通だ。これは王家が私たちを夫婦と認めているという表明になる……表明も何もそのとおりなのだが。

お義父様は優先すべき仕事がある、と不参加だ。それが本当か、当主が欠席することによって、抗議の意を表しているのか測りかねるけれど、確かに高位貴族全員が狩りをしてるわけにもいかないだろう。時勢は、自慢《じまん》できるほど落ち着いてはいない。

しかしお義母様は貧弱《ひんじゃく》な子羊の私を、夫の狩猟《しゅりょう》中、オオカミの群れの中に一匹《ぴき》放り込むわけにもいかず、参戦してくれたのだ。実際、親友二人や弟子《でし》？　は皆未婚《みこん》のため今日は呼ばれていない。お義母様がいなければ、私はどうなっていたことか！


冬晴れでキンと空気が冷え込んだ王領の狩場《かりば》で、お義母様と共に暖かいコートを着込《きこ》み、出発前の男性陣を激励《げきれい》し見送るために出待ちする。

この狩りは準備ができた者から順次スタートし、自分のタイミングで終了《しゅうりょう》なのだ。これは社交の一環《いっかん》であり、生活の懸《か》かったものではないので、そのへんのルールは緩《ゆる》い。

ルーファス様が現れるのを待っている間、肝心《かんじん》なことを聞いてみる。

「お義母様、ロックウェル邸《てい》に足を運んでくださったと聞きました。私が不甲斐《ふがい》ないばかりにお義母様たちに気を配っていただき、申し訳ありません。あの、両親とはどのようなお話を？」

チキンなうちの両親が、この絶対強者のお義母様に無礼を働くとは思えないけれど、念のために……。

「……ほとんどが二人の結婚式《けっこんしき》の話題ね。ピアが心配するような話はしていないわ」

はぐらかされた。お義母様がこんなご様子ならば、うちの両親に聞いても同じだろう。

結局『キツネ狩り』に参加できる大人になったとはいえ、まだまだ私たちは守られている立場なのだと痛感する。

素人《しろうと》考えだが、狩場に住む獲物の数など一定数で、出遅《でおく》れれば出遅れるほど、獲物を見つける可能性は低くなる。だから先ほどから我先にと男性陣は奥の草原に向けて駆け抜《ぬ》けていく。

しかし、我が夫はなかなか現れない。

「ルーファス様、遅《おそ》いですね」

「別に獲物を捕《つか》まえられなくてもいいと思っているんでしょう」

確かに、ここでマウントを取らなくても既に同世代の頂点に君臨しているので、がむしゃらに成果を出す必要などない。でも、何かあったのかとやはり心配だし、出待ちしているこちらはそろそろ寒さで歯がカチカチ鳴りそうだ。するとようやくルーファス様が馬を引くビルと共にやってきた。

「ごめん待たせて。ちょっと捕まっていた。ではピア、行ってくるね」

そう言って、ハンチング帽《ぼう》を親指で持ち上げ、体をかがめて私にチークキスをするルーファス様の機嫌《きげん》はあまりよくない。これまで出なくてよかった新たな社交に駆り出されたから？　新参者だからか確かにぶしつけな視線をあちこちから感じる。しょっぱなから私も憂鬱《ゆううつ》だ。

　しかし、初めてルーファス様の狩猟スタイルを見られたのは、ちょっとテンションが上がった。前世で言えば乗馬服に似ていて、上衣は動きやすい茶のジャケットだが、パンツはぴたっと細身のもので、足元は膝までの黒いブーツといういでたちだ。

　そしてお供はダガーとブラッドに加えて若いソードやスピア。私もじゃれついてきた四匹《ひき》の顔を順番に両手で挟んでこね回し、「頑張《がんば》ってね」と声をかける。

「ルーファス様、お気をつけて。決してお義母様から離れませんのでご安心ください」

「うん。ピア、鼻が赤くなってる。すぐに母上と暖かいゲストハウスに入って。昔から風《か》邪《ぜ》をひきやすいんだから。早めに戻るよ。母上、行ってきます」

　ルーファス様は焦げ茶色の馬に勢いをつけて跨《また》り、ピイっと口笛を吹《ふ》いて馬の腹を蹴《け》り駆け出した。狩猟のスタートだ。途端に犬たちが馬を追《お》い越《こ》し、我先にと獲物の巣穴？目指して走っていく。

　お義母様が居合わせたお友達のご夫人と話している間も、ルーファス様たちの姿が見えなくなるまで見送っていると、後ろからマイクに「ピア様！」と緊迫感を含《ふく》んだ声で注意された。はっとして顔を上げると同時に声をかけられる。

「ピア博士！」

　聞いたことのある声に背筋に悪寒《おかん》が走ったが、精一杯《せいいっぱい》淑女《しゅくじょ》を気取って振り向いた。そこにはやはり、マリウス・ベアード子爵《ししゃく》が馬用の鞭《むち》を片手に立っていた。

貴族の社交場であるここで、なぜスタン夫人でなくピア博士呼びなのか？　ますます悪目立ちするので勘弁《かんべん》してほしい。

「お久しぶりです」

返事は短く、次の会話に繋《つな》がらないように。だってこの人が、おそらくイリマ王女にキャロラインを襲《おそ》うように唆《そそのか》したのだ。この人ならば〈マジックパウダー〉も、キャロラインがどれほどの重要人物かも、彼女がどこにいるのかも知っている。そして私に〈マジックパウダー〉を飲ませ、意のままに操ろうとした。

しかし、糾弾《きゅうだん》したりあからさまに避《さ》けることができるほどの証拠はない。ユニコーンのカフスボタンも、ルーファス様によるとユニコーンを掲《かか》げている家は他にもあるから決定打にはならないと言われた。

「まあでも……王妃殿下のお茶会に呼ばれる若い男性がいる家など、限定されるけどね」

と、舌打ちしながら付け足されたけれど。とにかく用心しなくては！

それにしても身分差別をするつもりなどないが、なぜ子爵のこの方がこの場にいるのだろう。伯爵家以上の参加のはずなのに。王妃様のお気に入りだから特別扱《とくべつあつか》いということ？　今日もジャストフィットのいかにも質の良い狩猟服で、ニコニコと愛想《あいそ》のいい様は実は王族かと思うほどに、洗練されている。

「ピア博士、とうとう神殿で挙式されたとのこと。政略結婚とはいえ、あんな冷たい男と結婚だなんておかわいそうに」

思いがけない言葉で絡《から》まれて、返事ができなかった。

「もう少しの辛抱《しんぼう》です。私があなたを必ず救い出します。ああ、出番だ、では失礼」

優雅《ゆうが》に一礼して馬に跳《と》び乗るマリウス。去り際すらハンサムだが、どうしてもこの人の視線は苦手だ。いわゆる「蛇《へび》に睨《にら》まれた蛙《かえる》」の気持ちにさせられるのだ。

そして、イリマ王女に引き続きマリウスも、私とルーファス様のことを愛のない政略結婚だと決めつけて話していた。一体誰が噂の出どころなのだろう。アンジェラの話も総合すれば、全て私やルーファス様——つまりスタン侯爵家とロックウェル伯爵家——に付き合いのない人たちに巧妙《こうみょう》にばらまかれている気がする。エリンなど、友人の耳に入れば即座《そくざ》に否定してくれるはずだもの。

モヤモヤとした違和感《いわかん》が残る。私たちが不仲という噂を流し離婚させ、ルーファス様を国外に追いやること。そこまで至らずともギスギスさせて、スタン侯爵家に打撃《だげき》を与えて、喜ぶ人は誰？　そんなことを考えながら、確証なくマリウスの後ろ姿を見つめた。

「ピア、そろそろ移動しましょう」

お義母様に声をかけられて……そうだ、今日は最強の味方がいてくれたのだと思い出しホッとした。いそいそとお義母様の後ろにつくと、ぐいっと彼女に腕を引っ張られ、隣に寄せられる。前にはメアリ、後ろにはマイクが護衛としてついてくれる。お義母様が扇子《せんす》で口元を隠しながら、私に耳打ちした。

「あの男、なぜピアのことを『ピア博士』と呼んだかわかる？」

そこは私も引っかかったところだ。頭をフル回転して解答する。

「……王妃殿下と親しく交流していると聞きましたので、殿下と同じく、私をスタン夫人であると認めていない、ということでしょうか？」

「いいえ、もっと単純よ？」

単純な理由？

「スタン家を憎《にく》んでいるから、スタン夫人と口にしたくなかった、でしょうか？」

「ああ、それは無《な》きにしも非《あら》ずでしょうね。でも正解は、スタン侯爵子息夫人に声をかけられる立場にないからよ」

「……あ」

子爵となったベアード家とスタン侯爵家の間には純然たる身分差がある。

「子爵が公式の場で次期侯爵夫人に自分から声をかけるなんて、一昔前ならば懲罰《ちょうばつ》ものよ」

私は身分制度のない前世の記憶を持つために、そのあたりの観念が鈍《にぶ》いのかもしれない。

ただ、どんなに鈍かろうと、ずっと高位の立場の方に、こちらから話しかける勇気など持ち合わせていないから、これまで不敬なことをしたことはない……はず。

「本来はピアの名を呼ぶことなど許されない。しかし『ピア博士』と呼ぶことで、学会で伝手《つて》があるのかもしれない。気安く話すことを許された仲なのかもしれない、と聴衆《ちょうしゅう》は勝手に考えて、ひとまず判断を保留にするの。そして自分は好きなようにしゃべって去っていった。いけ好かないわねえ」

「とっさに注意することができず、申し訳ありません！」

ルールを無視する男のいいように、罠《わな》にはまってしまった。

私のほうが身分が上なのに、なぜ敬わないのよ！　と思ったわけではない。ただ、他国のことは知らないけれど、このアージュベール王国では身分が高ければ高いほど、責任が重いのだ。具体的に言えば、抱《かか》える領民の数、難しい場所の統治、納める税金、課せられる公務。自分の二倍も三倍も働いている人を敬うのは当然だと思う。

なのに、マリウスはそれをないがしろにして、私はその片棒を担《かつ》いでしまった。

「ピアにどうにかできるなんて期待してなかったから大丈夫よ。ちょっと、あのベアードの息子がどんな人間なのか、この目で見ておきたくて割り込まなかったの。ごめんなさいね？」

「お義母様……よかった」

こんな寛大《かんだい》な姑《しゅうとめ》がこの世にいるなんて、信じられない。私は涙目《なみだめ》でお義母様を拝む。

「ピア、おかしな真似はやめなさい。ところであの男、本当の恋《こい》をしたことがないわね」

「ひゃ？」

不意に話が恋愛論《れんあい》になり、変な声が出た。

「だって愛する女を妻に迎えた男が、冷たいわけがないじゃない」

お義母様はそう言うと、艶《あで》やかに紅を差した形の良い唇《くちびる》をキュッと引き上げ愉快《ゆかい》そうな笑みを浮かべた。その表情はルーファス様そのもので、私はわたわたと動揺する。

「おかっ……お義母様ってば！」

「利己的な恋愛ゲームばっかりしているのでしょうね。つまらない男。がっかりだわ」

お義母様の辛《しん》らつなマリウス評を聞いて、私の心はすっかり晴れた。


狩場の一角には真っ白なゲストハウスが建てられている。開催《かいさい》が決定したあと雨天となれば、ここで残念パーティーが開かれるらしい。

今日はお日様が出ていてこの季節にしては気温が上がっていく予定だ。ということで、狩場を臨《のぞ》めるガラス張りの広いテラスに席が設けられ、軽食という名の見たこともないご馳走《ちそう》が所狭《ところせま》しと並んでいた。暖炉《だんろ》の火で室内は十分暖かい。

「ピア、勝手に食べ物に手をつけてはダメよ。面倒《めんどう》な順番があるの」

「なんと……」

お義母様のナイスな忠告で、恥をかかずに済んだ。

席はホストの王族以外は自由席だが、ここでも暗黙《あんもく》の了解《りょうかい》があり、長年の慣習でどこにどの家の夫人が座るか決まっているとのこと。間違ってよそに座ってしまった自分を想像して、ビクビクする。

右後方の、他よりもゆったりとしたテーブルに辿《たど》り着《つ》くと、メアリが私とお義母様のコートを脱《ぬ》がせて、ドレスを整えてくれた。

お義母様の本日の装《よそお》いは光沢《こうたく》のある上品なラインのラベンダー色のドレスで、髪は襟足《えりあし》で優雅にまとめる定番のスタイルだ。

私はルーファス様の瞳そのままのエメラルドグリーンのドレスで、お義母様よりもスカートの布地が多く、歩きやすいフォルム。そして髪型《かみがた》は共布《ともぎれ》のリボンでハーフアップだ。メアリによると、この髪型だと私に足りない溌剌《はつらつ》さが出るらしい……。

さらに今回のドレスには、首回りと裾《すそ》周りに、春を運ぶ小鳥と小花がモチーフの、繊細《せんさい》な刺繍《ししゅう》が銀糸で刺してある……私とお義母様両方に。つまり二着のドレスはお揃《そろ》いなのだ！　今朝、お義母様にお会いして初めて知って仰天《ぎょうてん》した。ただルーファス様にプレゼントしてもらったものを着ただけだったのに。

あらゆる角度から、私をスタン家の嫁《よめ》だとアピールしていただき、もはや恐縮《きょうしゅく》するしかない。

そしてアクセサリーは、「面倒くさい方がいるから」と、お義母様は金細工のネックレスのみ。私は〈妖精の涙〉一つだ。

王家の使用人がサッとやってきて、私たちに椅子《いす》を引いてくれた。小さくお礼を言って座る。

「お義母様、なぜスタン家はここのテーブルなのですか？」

王族のそばでも、狩場の全景を望める席でもない。侯爵家というのに。

「退路を確保した結果ね」

「……さすがです」

今更《いまさら》有力貴族と顔繋ぎする必要のない……逆に押し寄せる心配のあるスタン家にとって、サクッと人目につかず帰れることこそ重要なのだろう。社交性のない私には大変ありがたい。今後もこのポジションを死守しなければ！

最後の男性陣が視界から消えると、王家主催の女子会が始まった。

皆が一斉《いっせい》に立ち上がり、頭を下げたところで噂の王妃殿下の登場だ。立太子の儀でも思ったが、成人した息子が二人もいるとは思えない若々しさだ。二十代でも通じるかもしれない。

そして皆着席すると、王妃の「今日は来てくれてありがとう。楽しんでね」的な挨拶《あいさつ》があり、歓談がスタートした。早速王妃の周りには人の列ができた。

「お義母様、キース侯爵夫人はどちらでしょう？　先日のお礼を兼《か》ね、是非《ぜひ》ご挨拶を」

アメリア様のお母様ならば、絶世の美女だと思うのだが。

「おそらく欠席だと思うわ。次期王太子妃の生家として、とても慎重《しんちょう》にしてらっしゃるもの。キース侯爵夫人のもとに人が挨拶で集まろうものなら、王妃様は激しく嫉妬《しっと》されるでしょうね。でも、そのくせ面倒な公務はアメリア嬢に全部させちゃうの。理解できないわ」

「『キツネ狩り』を欠席など、許されるのですか？」

「特別よ。王家はキース侯爵家に借りがあるから」

アメリア様を衆人の前で婚約破棄《こんやくはき》したことだろう。ということは、あの時フィリップ殿下の隣にいたヘンリー様から被害を受けた、ホワイト侯爵夫人――エリンのお母様も欠席だろうか？　エリンの面差《おもざ》しに似た女性を探していると、

「ピア、落ち着きなくキョロキョロしてはなりません。皆あなたに注目しているの！　さあ、気が重いけれど私たちの順番よ。ピア、不愉快《ふゆかい》なことを言われたら、微笑《ほほえ》んでおきなさい。私がどうとでも対処します」

「はい」

私たちが席を立ち、しずしずと前方に向けて歩くと、冗談《じょうだん》のように道が割れた。

ひな壇《だん》に近づくにつれて王妃が我々の存在と私の正体に気づき、不愉快そうに目を眇《すが》めた。ああ、もう引き返したい。

ひな壇の下に辿り着くと、王家の使用人が「スタン侯爵家夫人ご一行です」とアナウンスした。いよいよいきなり本日のクライマックスだ！

「本日はお招きいただきありがとうございます。王妃殿下におかれましては……」

お義母様が定型文の挨拶をしている間、私はずっと頭を下げているのだけど、正面から受ける圧力に、早くも心がくじけそうだ。

「ピアといいましたか？　こちらへ」

突然の呼び捨て呼びかけにびっくりする。王族にどんな呼ばれ方をしようが、特に気にしないが、女性への呼び捨ては通常、関係が深まってからではないだろうか？　お義母様には「スタン侯爵夫人」と呼んでいるはずなので普通であれば流れで「スタン次期侯爵夫人」でいいはずだ。

ひょっとして、まだ私のことをスタン家の人間だと認めてくれないのだろうか？　と思いながら、一歩前に出て、お義母様の横に並び、再度頭を下げた。

「……あなた、貴族女性が大げさに他国の王女相手に騒《さわ》いで……大変嘆《なげ》かわしいことだと私はがっかりしております」

……実際はその真逆で、イリマ王女が一方的に騒ぐのを、どうしていいものかわからず、ずっと黙り込んでいて、あげくには毒を盛られそうになったのだけど……。

「仲睦《むつ》まじい夫婦を引き裂《さ》こうとしたと、陛下からお叱《しか》りを受けてしまったわ。私はこの

アージュベール王国にとってよかれと思って勧《すす》めただけなのに。国母である私がまとめる縁談《えんだん》以上に優先することなどあるはずがない」

そう言って王妃は、閉じた扇子でもう片方の手をパチパチと苛立《いらだ》たしそうに叩《たた》いた。

上の立場の人間の「よかれと思って」は、断ることに罪悪感を植えつける最悪な命令でしかない――などと考えつつ、ビクビクと俯《うつむ》いていると、お義母様が声を上げた。

「本日も誰よりも輝《かがや》かしい王妃殿下、発言をお許しいただけますか」

「っ……よろしくってよ」

いきなりお義母様に褒められたことが意外だったのか、王妃の声が若干上ずった。

どういう様子なのだろうと、私はこっそり、視線を上げた。王妃のドレスは金色だった。確かに眩《まばゆ》い。

お義母様が体を起こしたのが、衣擦《きぬず》れの音でわかった。

「輝かしい王妃殿下のその手腕《しゅわん》は、是非まだ婚姻も婚約もしていない独身者に発揮なさってくださいませ。当家には対象者がおりませんので、遠慮いたしますわ。私は息子とピアを、国王陛下と王妃殿下を手本として、仲睦まじい夫婦になるように教育してまいりましたの。王妃様は結婚以来ずっと陛下のご寵愛《ちょうあい》を受けて、ますますお美しくていらっしゃるもの。よいお手本のおかげで息子夫婦《むすこふうふ》はこちらが恥《は》ずかしくなるほど愛し合っておりますす。国王陛下夫妻を模範《もはん》としている夫婦に離縁《りえん》など、二度とおっしゃってほしくないですわ」

　お義母様が褒め殺しながらスタン家にちょっかい出すな！　とノンブレスで言い切ると、王妃は目を丸くした。

「ええと、ええ。私は陛下に愛されています。そうよ！　私への賛辞は嬉しいけれど、それならばなぜピンクダイヤを渡さないのですか。宝石とは真の所有者が身につけなければ輝かないのよ！　まだ若い娘には似合わないわ。さっさと献上《けんじょう》なさい。そして王家への忠誠を示すのです！」

　王妃にはお義母様からの褒め言葉しか頭に残らなかったようだ。そして宝石好きは本当だった。〈妖精のハート〉をつけずにきて、正解だった。

「全くあなたの息子もなぜ私の提案を頑《かたく》なに拒否《きょひ》するのか？　パスマがどれほど素晴《すば》らしい国かわかっていないの？　あの国と縁故《えんこ》になれるなんて願ってもないことなのに、それすらわからず宰相補佐などよく務まるものね。そんなに愛しているのなら、イリマ王女を妻に、この娘を愛妾《あいしょう》にすれば富も愛も手に入るというものよ」

　あまりの暴言に床《ゆか》を見つめて呆然《ぼうぜん》としていると、お義母様の手元からバキッッと音が鳴った。お義母様お気に入りの、一点物の透《す》かし彫《ぼ》り扇子が右手の中で折れていた。

　私への愛妾発言も泣きたくなったけれど、もう、ここまでこじれたこの話、修復などできないと思う。ルーファス様が狩りからお戻りになったらそのまま領地直行になるんじゃないかな……。

それにしても、王妃のパスマ王国推《お》し、結構強めだ。

私は〈マジキャロ〉のように婚約破棄され国外追放になった時のために、いろんな国の生活様式を調べた時期があった。その時集めた情報をわかりやすくイメージすればパスマは――前世のハワイに近い。常夏《とこなつ》で、娯楽《ごらく》が多く、フルーツが美味しく、人々がおおらか。王妃はきっと親善訪問したことがあって、気に入ったのだろう。

王妃とお義母様のただならぬ雰囲気に周囲が気がつきだして、ざわめいてきた。どうすべきか考えるが、緊張《きんちょう》しすぎて何も浮かばない。万事休《ばんじ》すだ。ルーファス様！　と心で叫《さけ》ぶ。

すると、本当に天から助けが舞《ま》い降《お》りた。

「ピア！　よく来たね。スタン侯爵夫人、お久しぶりです」

生まれ持った人を従えさせる声が、一瞬《いっしゅん》でその場を制した。

救世主はルーファス様ではなくて、

「フィリップ第一王子殿下」

お義母様に続き、その場の女性全員が一旦《いったん》立ち上がり頭を下げる。

「皆、歓談を続けてくれ。私はまだ怪我が完治していないから馬に乗れず、愛する王妃殿下の手伝いに来たんだ。男たちが戻るまでのびのびと楽しんでほしい」

殿下の言葉で皆着席したものの、殿下が公《おおやけ》に姿を現したのは落馬事故以来やがて二年ぶりのことだ。皆そわそわと顔色を窺《うかが》い、大事ない様子にホッとしたり、勘《かん》ぐったりするのはしょうがない。

「フィリップ、今日は顔を出す予定ではなかったでしょう？」

王妃がまるで幼い子どもを諭《さと》すようにフィリップ殿下に首を傾《かし》げてみせる。

「王妃殿下のパーティーが盛況であることはわかり切っていますが、私も殿下にたくさん心配をかけましたので、お礼をと。さあ、持ってきて！」

殿下の合図で王宮のパティシエが、繊細なガラスの器《うつわ》をワゴンにたくさん並べて持ってきた。中を覗《のぞ》けば色とりどりの……アイスクリーム！

「私の体調が整ったのは、ここにいる国随一《ずいいち》の学者であるピアと、王立アカデミー学長が考案した氷菓《ひょうか》のおかげなのです。ピア、君は私の恩人だ。ありがとう」

フィリップ殿下はそう言うと、あろうことか私の右手を持ち上げて、手袋《てぶくろ》の上からキスをした。

「っ！」

私だけでなく、その場の全員が瞠目《どうもく》した。

「そんな貴重で素晴らしい氷菓を、ピアとルーファスは今日の『キツネ狩り』のために、お土産《みやげ》として持ってきてくれたのです。是非王妃殿下に最初に食べていただきたい。そうだな母上には……このピンク色の氷菓が可愛らしくてお似合いだと。さあ、召《め》し上《あ》がってください」

そう言って、フィリップ殿下は王妃に有無を言わせず氷菓の器とスプーンを差し出した。

「全く、母に向かって可愛いだなんて……いつまでもヤンチャで困った子だこと」

そう言いながらもまんざらでもない様子で、アイスをすくったスプーンを口に運んだ。

「まあ。まあまあ！　冷たいけれど、舌の上でふわっと溶《と》けてしまったわ。甘くてスッキリして後味もいい。素敵《すてき》なお土産ね。ありがとう。さあ、皆様も召し上がれ」

アイスの器を使用人がテーブルを縫《ぬ》って給仕《きゅうじ》するどさくさに紛《まぎ》れて、ウインクするフィリップ殿下に私とお義母様はエスコートされて、席に戻った。

王宮の使用人が静かに殿下の椅子を用意してくれたので、まず殿下に椅子を勧めたのち、殿下を挟むように私たちも座った。

「お義母様、お土産の準備ありがとうございます。そんな準備が必要であることも気づかず、申し訳ありません」

「私じゃないわよ？」

お義母様はそう言うと、目をくるっと回した。では一体誰が？

「氷菓はね。私が病《や》みつきなのを知ってるルーファスが、定期的に冬の間だけでもと贈《おく》ってくれるんだ。大事に取っていたそれをこの場で放出した。まあ、広い意味ではスタン侯爵家からのお土産に間違いないだろう？」

……ルーファス様の殿下への愛が思わぬ形で判明した。何も言わないから、そんなの全く知らなかった。

「もちろんさっき、ルーファスには了承《りょうしょう》を取った」

なるほど、ルーファス様を狩りの直前に捕まえていたのは殿下だったのか。ルーファス様を引き留めることができた猛者《もさ》は誰だろう？　とちょっと気になっていた。

「殿下、あの、どう言っていいかわかりませんが、上座から脱出《だっしゅつ》させてくれてありがとうございます」

私は恐《おそ》れ多《おお》くも友達の妻枠《わく》で、兄弟殿下には自由な発言を許されている。

「……こちらこそ、もはやどう謝ればいいかわからない。ゴメンねピア。侯爵夫人、日を改めてお詫びに伺《うかが》います」

殿下はそう言うと目を閉じた。こんな公の場所で頭を下げるわけにはいかないのだ。

「ふふ、こんなおばさんをエスコートしてくれたことで、帳消しですわ」

「何をおっしゃるやら、私が小さな頃と何一つ変わらぬ美しさだというのに」

私は殿下に強めに頷き同意する。お義母様は「あらあらお世辞なんて」と言いながら、フィリップ殿下と思い出話を始めた。

お義母様は本当に美しい。そして、ちらりと王妃を見て、あちらもまた系統の違う美人だ、と思う。王妃はまるで少女のように目を輝かせながらアイスを食べ、うちよりも距離《きょり》が近いと思われるご婦人と機嫌よく話されていた。先ほどの私たちとの衝突《しょうとつ》などなかったことのように。

『あの方は感情で動かれる子どものような方』とお義母様が王妃を称《しょう》していたのを思い出した。きっと今は、アイスが美味しいことが全てで、それ以前の不愉快なことは忘れてしまったのだろう。そして楽しいこと、嬉しいことを提供してくれる人のことが記憶に残り、肩入《かたい》れするようになる。

それはある意味、人間の理想形かもしれない。でも多くの大人は嫌なことでも辛いことでも必要であれば引き受けなければならないし、そうしなければ生活できない。

王妃が無邪気《むじゃき》な子どものように生きていられるのは、王妃という立場だからに他ならない。そんな王妃の有り様を黙認《もくにん》してきたのは陛下。王妃に振り回されている人は「陛下はそんな王妃殿下を可愛いと思っている」と判断するようになった。

でも、先日陛下にお会いした時、陛下も注意しているがわかってくれないというようなことを言っていた。

臣下や国民の益と王妃の益を天秤《てんびん》にかけろと言うつもりなんてない。ただ私が思うのは、ジョニーおじさんは板挟《いたばさ》みで大変だろうな、ということだけだ。

そんなことを考えていると遠くから犬の鳴き声が聞こえてきた。

「もう第一陣が戻ってきた。早いね」

「殿下、馬も戻ってきたようですが、獲物はどうするのですか？」

「キツネにしろなんにしろ、犬がけっこう噛んでいる。さすがに上品なご婦人方の目に触《ふ》れるには残酷《ざんこく》すぎてね。林の向こうで処理しているんだ」

ちなみに獲物は医療奉仕《いりょうほうし》の時の炊《た》き出《だ》しに使われる。自分で持ち帰って食べるわけではない。

次々帰還《きかん》する男性の中に、ルーファス様を見つけた。メガネはしていなくても、その居ずまいで、一人だけ浮き出るように目に飛び込んでくる。

「よかった。ご無事だわ」

「本当だ。あ、私を見て顔をしかめたぞ？　よし！」

フィリップ殿下は何を思ったか、私と気安く肩《かた》を組んで、もう片方の手でルーファス様に手をブンブンと振った。

「で、殿下！　まずいです！」

「私には今婚約者もいないし、全く問題ないよ？」

そう言ってニッコリ笑う殿下と、いきなり鞭を入れスピードを上げて突進《とっしん》してくる馬上のルーファス様！

「お、お義母様、私ちょっとお手洗いに……」

「ピア、惜《お》しいわ。もう馬を下りてる。全くあの子もピアに関してだけは我慢《がまん》がきかないのだから……」

その話が終わる前に、大きな歓声《かんせい》が起こり、外階段を上ってルーファス様がテラスへ姿を現した。

あちこちから飛んでくる視線を全て無視して、つかつかと一直線にこちらにやってくる。こ、ここは先手必勝だろう！

「ルーファス様、おかえりなさいませ！」

ルーファス様は返事もせずにフィリップ殿下の腕を払い、私の腕を引き立ち上がらせて、自分の腕の中に閉じ込めた。私の耳にはご夫人からの黄色い声が聞こえ、頬《ほお》にはルーファス様の服から冷気が伝わり、鼻には乾《かわ》いた草の匂《にお》いがついた。

「フィル、お前やっぱり殺されたいんだろう？　今日は山ほど武器を持参してるぞ？」

「いいじゃないか、ピアは私の友達でもあるのだから？」

「は？　ピアに男友達なんて必要ないけど？」

「お前の許可なんかいらないね。ピア、いつ私を採掘に連れていってくれるの？」

呼ばれて慌てて顔を出す。

「殿下！　ミュージアムの館長職に前向きなんですか？　では早速……ぐえっ！」

私は再び顔をルーファス様の胸に押しつけられ、鼻を強打する。痛みに悶絶《もんぜつ》していると、頭のてっぺんに何度もキスをされた。こういうこと昔もあったような……？

周囲のざわめきが大きくなる。

「……微笑ましいこと……仲の良い新婚夫婦ではないの」

「……子息夫人が身分もわきまえず、幼い頃の婚約にしがみつき、パスマの王女との仲を邪魔《じゃま》しているって聞いていたのに」

「……私は博士の技術を流出させないために、侯爵家が無理やり囲い込んだと聞いたわ」

「……どう見ても宰相補佐のほうが溺愛しているような？」

「……侯爵夫人との仲も良好そう。でなければ同じパターンの刺繍なんて……」

「……聞きまして？　フィリップ殿下ともご友人ですってよ。ほらあんなに楽しそうに三人でじゃれ合って」

「……親世代はさておき、次世代は良好な関係……夫に伝えないと……」

ひっそりと耳を傾けながら、こうして噂話《うわさばなし》は広がっていくのね……と考えていると、頭上からルーファス様の呟《つぶや》きが聞こえた。

「……常ならば噂など気にも留めないが、私を嵌《は》めるために意図して広めたものならば、当然そのケンカは買わないとね」

「ああ、君ら二人が冷え切ってるとか、面白いデマが最近流れてるらしいね。まあ、ここにいる家の者たちには誤解が解けたんじゃないか？」

殿下も声を落として返答した。

「とりあえずお座りなさい。で、何を仕留めたの？」

お義母様の言葉にルーファス様は私からしぶしぶ離れ、いつの間にか用意された椅子に殿下と共に腰かけた。さりげなく席替《が》えされ、私はお義母様とルーファス様に挟まれる場所になり、ルーファス様の向こうでフィリップ殿下がくっくっと笑いを堪えている。

「獲物？　牡鹿《おじか》一頭」

「それだけ？　ルーファス手を抜いたな？」

「十分だろう？　ピアをここに残しているのに、気が気ではなかった」

「ご母堂がいるのに？」

「母も、フィルみたいのが来たら追い返せないだろう」

ルーファス様は殿下を睨み続けている。

「からかいすぎた。ゴメン。それと、私の到着《とうちゃく》前に王妃殿下がやはり問題を起こしてね。それも併《あわ》せてゴメン。後ほど改めて説明して謝罪する」

「また？　……困ったお方だ」

フィリップ殿下を前にして、さすがのルーファス様も王妃のことをぼろくそに言うような真似はしない。私は上座の王妃の様子を再びチェックする。

王妃は既にお酒が入ったようだ。少し顔が赤い。体がポカポカしてきたのか、扇子であおぎながら髪を耳にかけた。その仕草はなかなかセクシーで、美女は何をやっても絵になるなあなどと思っていると、思わぬものが目に入った。あれは？　……そうか！

「王妃殿下とは考え方の相違《そうい》がありますが、でも、フィリップ殿下のことを愛しているのは伝わってきました！」

私は自信満々にルーファス様と殿下の会話に割って入った。

「え？　うん。母として何かしてもらったわけではないが、人並みには可愛がってもらったと思うよ？」

「ピア、どうしたの藪《やぶ》から棒に？」

「だって王妃殿下、煌《きら》びやかな宝石がお好きみたいなのに、本日のイヤリングは紺《こん》！　フィリップ殿下の色です。いつも一緒にいたいという表れですよね！」

私はそう言って手のひらを上に向けて、王妃のほうを指し示した。

「紺の宝石？　サファイアだろうか？」

メガネなしの私は宝石まで特定はできない。四人揃って目を眇める。すると、

「……ちっ！」

ルーファス様が盛大《せいだい》な舌打ちをした。

「え？　え？」

正面ではフィリップ殿下がテーブルに肘《ひじ》をつき、両手で頭を抱えている。

「あの、あの、一体？」

ただ事でない雰囲気にどんどん背筋が凍《こお》っていく。私は何をやらかしたの？

お義母様が新しい扇子を広げ口元を覆い隠し、小さなため息をついた。

「ピア、あれは紺ではない。黒よ。王妃殿下のイヤリングは……黒真珠《しんじゅ》です」

「あ、色、間違ってしまって申し訳ありません。でも黒だと何か問題が？」

私はハンカチをもみくちゃにしながら、おろおろと聞き返す。

「黒真珠はね、とっても希少で高価なの。私ですら国内で流通しているのを見たことがないわ」

「でしょう……ね」

前世、本真珠が巷《ちまた》に出回っていたのは養殖《ようしょく》技術が確立していたからだ。この世界はおそらく天然物頼《だの》み。アコヤガイ的な貝を、海に潜《もぐ》って探して——おまけに白ではなく黒——見つけるのはTレックスの化石並みの確率ではないだろうか？

「ピア、黒真珠はね。パスマの外交の切り札とも言うべき特産品なんだ」

「あ……」

ルーファス様の言葉で、全てが繋がった。私は動揺しながらフィリップ殿下のほうを向いた。

「あれが、おそらくイリマ王女の賄賂《わいろ》だ。ははは、参った」

ああ……なんてことだ。いろんな思いが去来するが、その中の一番は、気がつかなければよかった？　ということ。

私を友達と呼んでくださるフィリップ殿下を、めいっぱい傷つけることになってしまった。

「……ああ、ちょうど陛下が戻った。ちょっと行ってくる」

フィリップ殿下はうやうやしくお義母様の手の甲《て》《こう》にキスをしてテラスを降りて、足早に狩場からこちらに向かってくる、馬上の陛下の方角へ去ってしまった。

「ルーファス様、私……どうしよう……」

殿下の背中を目で追いながら、小さく呟いた。

「ピア、近くで挨拶すれば、私だって気がついたことだ。ピアのせいじゃない。そしてフィルの心情に関してはどうしようもない。ただ、友人として虚《むな》しいだけだ」

「そうね。ただただ虚しいわ」

私も同じ気持ちで、三人肩を落とし、再びフィリップ殿下の行方《ゆくえ》を捜《さが》した。

やがて殿下は下馬した陛下のもとに辿り着き、何か耳打ちする。息子の親しげな様子に微笑んでいた陛下は一瞬眉間《みけん》に皺《しわ》を寄せたが、すぐ取り繕ったような笑顔《えがお》になった。

その頃には多くの人々が陛下の帰還に気づいていて、陛下の一挙手一投足を注視していた。陛下は元気いっぱい颪に大股でテラスの女性たちのスペースに駆け上がり、最優先の体で王妃のもとにはせ参じ、頬にキスをした。わっと歓声が上がる。

「王妃よ。ただ今戻った。なんと丸々と太ったイノシシを仕留めたよ。君に見せたかったなあ！」

「まあ。さすが陛下！　おめでとうございます」

陛下は王妃をエスコートして、テラスの端、狩りから戻って休息を取っている男性たちにも見える場所に連れていった。

「今日の猟《りょう》は私が一等賞に違いない！　なんといっても私には女神《めがみ》がついている。女神である君を王妃に迎えられたなんて私は果報者だ」

国王から王妃への熱烈《ねつれつ》な愛の告白に会場は熱気に包まれた。高位貴族ばかりの集団ではあるが、失礼にならない程度の「陛下やりますな〜」「王妃様本日もお美しい！」といったヤジがやんやと飛ぶ。

そんな中、私たちのテーブルは拍手《はくしゅ》を他と合わせながらも、息を詰《つ》めて事態を見守った。

まんざらでもない様子の王妃と耳に神秘的に煌めく黒真珠を眺めていると、場に水を差さないように忍《しの》び足《あし》でフィリップ殿下が戻ってきた。

「私もここにいてもいい？」

「もちろん」

ルーファス様もあまりの親友の憔悴《しょうすい》ぶりに、冗談など言わない。言葉少なく国王夫妻に視線を戻す。

「皆、知っていると思うが、今年、我々は結婚二十周年だ。これまでの苦労をねぎらい、王妃に心ばかりのプレゼントを贈ろうと思う」

歓声が上がる。王妃はいかにも期待でうずうずしている様子で、陛下を見上げ、両手を口の前で合わせている。

「一つ目は偉大《いだい》な祖母のイエローリーフティアラ！」

あとからアメリア様に聞いたところ、国が今よりも豊かだった頃に作られた、大小さまざまなイエローダイヤがはめ込まれた、贅《ぜい》を尽くした国宝の一つとのことだ。

「あら、イエローダイヤが手に入ったわね。これで〈妖精のハート〉への監視《かんし》がなくなるかしら？」

「お、お義母様っ！」

かなり遠いけれど、ここは本人がいる現場なのだ。お義母様の豪胆《ごうたん》ぶりに胃がキリキリ痛む。

会場も表の狩場も最高潮に盛り上がっていたところで、陛下がパンパンと手を打った。皆が口を閉じ、固唾《かたず》を呑《の》んで、陛下の言葉を待つ。

「そして二つ目のプレゼントは、ジルアーダ島でのバカンスだ‼」

会場から「おおーっ！」というどよめきが沸《わ》き起《お》こる。

「まあ、なんて素敵！　陛下、ありがとう！」

よほど嬉しいプレゼントだったようで、王妃は涙を浮かべて感激し、陛下に抱きついた。

陛下も大きな体で王妃を包み込んで優雅に口の両端《りょうたん》を上げたが、私にはその目は冴《さ》え冴《ざ》えと冷えているように見えた。

「ルーファス様、ジルアーダ島って、王領のリゾート地でしたっけ？」

陛下の依頼《いらい》で何度かアージュベール王国全土の地図を描《か》いたが、行ったことのない場所は、陛下の持つ従来のぼんやりした地図（それでも国家機密！）を模写するしかなかった。

確か、王都の西に浮かぶひし形に描かれた島だったような。

「ええ。主に他国との重要な会談で使われる迎賓館《げいひんかん》の役割を持つ島よ。王都の港から船で半日かかる小さな孤島《ことう》だから、外敵が入らず、警備がしやすいの。贅を凝《こ》らした宮殿《きゅうでん》があるんですって」

お義母様がお義父様から聞いた知識を教えてくれた。するとルーファス様がフィリップ殿下に確認《かくにん》するように問うた。

「なるほど。つまり陛下はもう、王妃殿下をそこから出すことはないんだね？」

フィリップ殿下は諦《あきら》めたような笑みを浮かべて頷いた。

「……王妃殿下には今後、誰にも利用されないように、ジルアーダの離宮《りきゅう》で過ごしてもらうことになった。国母としての政務は全てアメリアに譲《ゆず》り渡すことに決定している。このへんで許してくれ。それにしても、国の許可なしに黒真珠なんて欲しがって……なぜわからない」

殿下の中で、いろんな感情がきっとぐるぐると渦巻《うずま》いているのだろう。疲れ切った、やるせないお顔をしている。大失態をしでかした王妃ではあるが、母親として殿下方を愛しているのは疑いようがないのだから。

顔を上げ、私に見つめられていることに気がついた殿下は、静かに語りかけた。

「ピア、アメリアを支えてほしい。自分も精一杯王太子夫妻をサポートする。私は当面君たちと違って、妻はめとらず仕事一筋で頑張るよ」

「もちろんです。と言っても、完璧《かんぺき》なアメリア様に私ができることなんてあるかしら……」

と言って顔をしかめてみせながら、殿下の想《おも》いはまだキャロラインにあるのだろうか？と考える。

「私にとってのルーファスがそうであるように、アメリアが愚痴《ぐち》を零《こぼ》したい時に、そばにいてくれればいいいんだよ」

ルーファス様と同じ役割は荷が重いけど、愚痴を聞くだけならいつでも。私は笑って頷いた。

「そして自由のきかないエドワードの代わりに、体力が完全に回復したら私が国中を回ろうと思ってるんだ。特に最近王族が訪《おとず》れていない地方に赴《おもむ》き、領主を慰労《いろう》して、民《たみ》の様子をこの目で見る。探求の旅だ。ピアに勧められたからね」

殿下はそう言うと、おどけた様子でパチンとウインクした。

「フィル、さっきからピアにちょっかいばかりかけて、そんなに消されたいのか？」

「ん？　あ、バカ！　やめろ！」

仲良しの二人がケンカという名のじゃれ合いを始めたので、私は再び本日の主役に視線を戻した。人々の称賛《しょうさん》を浴び、無邪気に喜んでいる王妃を見て、少し気の毒に思っていると、お義母様がパチンと扇子を閉じ、息子たちに聞こえぬ大きさで私を諭す。

「同情は禁物よ。あのお方は国を危険に晒《さら》したのです。随分《ずいぶん》とお優《やさ》しい措置《そち》だわ。ピア、あなたはいずれ侯爵夫人となります。自分の行動がスタン領の良き民人にどのような影《えい》響《きょう》を与えるのか、よく考えて動きなさい」

私の未《いま》だ自覚なく、なまっちょろい精神に釘《くぎ》を刺された。

「……肝《きも》に銘《めい》じます」

これ以上のビッグニュースはないと判断し、私たちはお暇《いとま》した。夜会であれ舞踏会であれ、お開きの合図などなく、朝方まで宴《うたげ》が続くこともままあるらしい。ゆえに自分の判断で退出するのだ。お義母様と別れ、馬車にはルーファス様と二人きり。

「陛下は約束を守る。もう私たちが王妃殿下の気まぐれと物欲に、頭を悩ませることはないよ」

ルーファス様がそう言い切るのならば安心だ。

「でも、流刑《るけい》なんて、想像以上に重い処分だったな……」

つい呟いた言葉を、ルーファス様が拾う。

「これまでの所業を考えれば、私はむしろ軽いと思ってるよ。ピアの知らないこともやらかしているしね。でも、フィルに王太子殿下と立派な王子を二人も産んだ功績は大きい。流刑と言っても、清潔で、食べ物に溢《あふ》れ、着飾《きかざ》ることもでき、欲しいものは取り寄せることができる。せいぜい島で愉快に過ごしてくれ」

王妃の必要なものはほとんど揃っているようだ。足りないものは自分をよいしょしてくれるハンサム、といったところか？

そう言えば、王妃がバカンスに行ったら、取り巻きと思われるマリウスはどうするのだろう。新しい後《うし》ろ盾《だて》として利用する気満々だっただろうに。

「それにしても宰相室の朝からまだ数日。急転直下でしたね」

「それについてはピアのお義父上《ちちうえ》の影響も大きかったと思うよ」

「父ですか？」

思いがけない人物の登場に、つい聞き返してしまった。今日いなかったことからもわかるように、父はこの国で政治から一番遠い場所にいる弱小伯爵だ。

「うん。あの日謝罪に向かった母から、ピアが中傷を受けたことを聞いたお義父上は、その日の午後、国依頼の農薬の研究をやりかけのもの以外全て断ったんだ。『私では力不足です』という理由で。そんなことは初めてだから、担当部署は大慌《おおあわ》てしたらしい。お義父上が力不足ならば、世界中探しても開発できる者などいないだろうね」

アージュベール王国の貴族として、長らく国に王家に従ってきた父が、得意で唯一《ゆいいつ》現金収入に繋がる農薬研究を断ったなんて。

「領地替えすら粛々《しゅくしゅく》と従ったロックウェルだ。お義父上は今回の件、よほど腹に据《す》えかねたのだろう。娘のために勇気を持って立ち上がったんだ。もちろんお義母上《ははうえ》も義兄上《あにうえ》も納得のうえのことだろう」

「お父様……お母様……お兄様……」

私のために……言葉が、見つからない。

「ロックウェル伯爵家は権力に執着《しゅうちゃく》がない分身軽だ。先日受けた印象では、領民もまたおばあ様の仕切る領主一家に忠誠を誓い、やはりフットワークが軽そうだ。未来永劫《えいごう》何もエサを与えずとも絶対の忠誠を示してくれるに違いないと高をくくっていたロックウェルが、方針を変えたとしたら？　言うことを聞かないだけでなく、『知のロックウェル』そのものである伯爵や義兄上が他国に流出したらどうなる？　新しい可能性が生まれて陛下は揺《ゆ》さぶられたに違いないね」

「……私の行動一つ一つが周囲に影響し、思わぬ状況を作り出してしまうのですね……」

「うーん、そういうことを言いたかったわけではないんだが、でもそのとおりだね」

先ほどお義母様にも釘を刺されたことを思い出す。私の行動がスタン侯爵家を動かし、ロックウェル伯爵家を動かし、それぞれの領民の人生を変える。

「どうしよう……」

息をするのも、怖《こわ》い。自分で自分を抱きしめ、ぎゅっと唇を噛みしめる。

するとルーファス様が私の背中に腕を回し、自分の脇《わき》のくぼみに私の顔を押しつけた。

そして、私の頭に頬を乗せる。

「怯《おび》えちゃったの？」

「……はい」

ルーファス様に虚勢《きょせい》を張っても意味がない。

「それが、正常だ。安心していい」

「安心しても、不安です」

私がスタン侯爵家の人間として、責任を全うできるのか？　領民誰も不幸にせずに生を全うできるのか？

するとと、頭上から、思いがけないことが聞こえてきた。

「私も不安だよ？　スタン侯爵領はあらゆる点で厳しい土地だし、領民も一筋縄ではいかない者ばかり。そして政敵も国内外に何人もいる。父から侯爵領を譲り受けたのち、発展させるとはいかないまでも、無事な形で次代に渡すことができるか、プレッシャーは常にのしかかっている」

そう言われれば、そのとおりだ。なぜルーファス様は平気だと思い込んだのだろう。どんなに賢《かしこ》く大人びていても、私と同じ十九年しか生きていないのに。

「でも、ピアがいるから私は大丈夫なんだ」

「わ、私ですか？」

思わず顔を上げると、ルーファス様がふわっと微笑んで私と額を合わせた。長いまつげが私の瞼《まぶた》に当たりそうだ。そして密《ひそ》やかに囁《ささや》く。

「そう。だって私たちは夫婦だろう？　支え合い、苦難が訪れたら丁寧《ていねい》に相談して二人で乗り越えようとピアは私に言ってくれた。私たちは一人ではない。ピアのその言葉で私は強くなったよ」

フィリップ殿下を心配し、心を痛めていたルーファス様に私がたどたどしく言葉にしたことを、ルーファス様はそのように受け取ってくださっていたのだ。

「ピアが影響力のある人間になったのは真実だけど、そこまで真剣に思いつめなくていい。人間なんて多かれ少なかれ人に迷惑をかけながら生きている。お互い様だ。今までどおり

穏やかに生活し、何か新しいことを始める時は互いに相談すればいい。失敗しても一人じゃない。二人で巻き返せばいい。夫婦は苦しみは半分、喜びは二倍なのだろう?」

不思議だ。どんどん気持ちが軽くなる。ルーファス様の温《ぬく》もりが私のこわばりを解《ほぐ》していく。

「本当にどんな小さなことでも相談していいのですか?」

私もルーファス様と同じく囁き声になる。

「私はどんな小さなことでも、ピアと共有したいよ?」

「明日のリボンは赤と緑、どちらがいいと思いますか?」

「緑一択《みどりいったく》だね。私の色で染め尽くしてしまいたい」

「なっ……」

言葉を失った瞬間《しゅんかん》、ルーファス様が額を離し顔を傾《かたむ》け、私を慰《なぐさ》めるような、慈雨《じう》のようなキスをした。こうしてルーファス様がそばにいてくれるなら、なんでも乗り越えられる気がしてきた。

「ルーファスさま……」

「……ん?」

私の頬をルーファス様の右手が包む。その手に左手を重ねる。

「大好き」

私の弱気でダメなところも全部、受け入れてくれる人。

「……私はピアの百倍は好きだよ」

その言葉を皮切りに、ルーファス様はもっと私を引き寄せて、私の百倍の威力《いりょく》のキスを途切《とぎ》れることなく浴びせかけた。

王都の住宅街に入る頃には、私の不安は謎《なぞ》の前向きなものに昇華《しょうか》され、朝から張り巡らしていた緊張の糸がぷっつり切れて……。

「おやすみピア」

どこよりも安心できる腕の中で目を閉じた。

なんとか離婚危機は回避《かいひ》した。あとはもう一人の今回の騒動《そうどう》の元凶《げんきょう》であるイリマ王女も納得し、落ち着いてくださるといいけれど。


「ピア？　寝たか……疲れ果《は》てちゃって……。相変わらず自己評価が低いのは困りものだ。もう一生分、スタン侯爵家どころか国にも貢献《こうけん》しているというのに。さっきはああ言ったけど、本当はピアに半分どころか一分たりとも苦労を負わせるつもりなどないからね。ピアが幸せそうに笑っていることこそが、領民皆の願いだ。それにしても形式上唯一上の立場の王族にマヌケがいると、こうも厄介《やっかい》な事態を引き起こしてしまうとは。本当に忌々《いまいま》しい。甘い顔をするのもこれまでだ。今後はもう容赦など……」

第五章 招かれざる客

週明け、私は研究室で久しぶりに落ち着いた気持ちで論文に手をつけることができた。

アンジェラは卒論の最後のハードルである口頭試問も終わり、結果待ち。家でヤキモキするくらいならと、簡易机に地図を広げてバイトにいそしんでいる。

そんな中、ちょくちょく話題に出るお客様が時間どおりにやってきた。マイクに迎《むか》えられ、衝立《ついたて》から顔を出す貴公子に、アンジェラの瞳《ひとみ》はハートになる。

「ガイせんせ〜い！」

「こんにちはアンジェラ。ピア博士、お邪魔《じゃま》します」

「ガイ先生、いえガイ博士、いらっしゃいませ！」

ガイ先生は〈マジックパウダー〉で体調を崩《くず》し、長らく自宅療養《りょうよう》中だったのだが、その間に算術の高位変換《へんかん》である数学と物理学をミックスしたような論文を書き上げて、新年最初に博士になった。研究室はなんと私のお隣《となり》さんだ。

『わからんことがあったら、ピアちゃんに聞けばいい。ん？　なんで他にも空き部屋があるのに同じフロアかって？　そんなもん、身元がしっかりしたもんしかピアちゃんのフロアには入れられんじゃろ。ピアちゃんに恩義を感じているガイ博士が隣ならば、ルーファスもきっと納得《なっとく》する。それに四階は四十歳を過ぎたら無理じゃ』と、先日入室の挨拶《あいさつ》にガイ博士と一緒《いっしょ》にやってきた学長が言っていた。こちらこそ、頼《たよ》りになる方が隣にいるのは心強い。

ということで、ガイ博士の研究棟《とう》入室祝いのお茶会スタートだ。

「それでは、せ、僭越《せんえつ》ながら、私が乾杯《かんぱい》の発声を。ガイ博士の益々《ますます》のご活躍《かつやく》を祈念《きねん》して、乾杯いたします。ガイ博士、おめでとうございまーす！」

「おめでとうございまーす！」

熱々のお茶が零《こぼ》れないように、そっと目の前に掲《かか》げるだけの乾杯をする。

「二人共ありがとうね。今後共よろしく。マイクと言ったね。お隣さん同士、防犯面を協力していこう」

「ルーファス様もそうおっしゃっておりました。何か不審《ふしん》なことがありましたらお互《たが》いに情報を共有いたしましょう」

マイクはそう言って頭を下げた。なんという物騒《ぶっそう》なことを……。

「それにしても、ガイ博士、数学分野で博士号なんてありえないです！」

専門家ではないから詳《くわ》しいことはわからないが、数学は素人目《しろうとめ》には既《すで》に調べ尽くされて見える学問なのだ。この世界で手つかずだった分野の博士号の私とは、難易度が全く違《ちが》う。

「何度も何度も書きなおしをしたり、ダメ出しされたのでは？　だってガイ博士の分野には天才ガゼッタ夫妻が君臨していますもの。あのお二人、普段《ふだん》は穏《おだ》やかなお人柄《ひとがら》なのに、仕事となると鬼《おに》みたいに厳しいという評判ですし……」

前世の私も貴重な青春時代に遊びもせず、何度も何度もフィールドワークしては徹夜《てつや》で論文を書き、夢の博士号を目指した。そして結局叶《かな》わなかった。それはきっと、私以上に努力をした人が前にいたからだけど、報《むく》われない努力は辛《つら》かった。

そういえばガイ博士は、前世の私と同じ年頃《としごろ》かもしれない。しかしガイ先生は博士論文を書きながら、教鞭《きょうべん》を執《と》り、侯爵家《こうしゃくけ》の社交もこなし、最近は王太子毒殺未遂《みすい》をきっかけにした、医療《いりょう》師団改革の第三者委員会の委員長までやっている。忙《いそが》しさがかつての私の比ではない。一体いつ寝《ね》ているのだろうか？

「いやーすごい、すごすぎです」

「ピア様、そこまでなのですか？」

「アンジェラ。ガイ博士の研究は私とは格が違うから！」

「うわあ～ガイ先生、じゃなかった、博士、かっこいい！」

「二人共、そのへんでやめて？　恥《は》ずかしいよ」

そう言われてアンジェラとガイ博士に向きなおると、イケメンは顔を真っ赤にしていた。

「でも、素直《すなお》にありがとうと君たちの賛辞を受け取っておくよ。本当に大変だったからね。

自分の苦労を、実際に体験した人に共感してもらえることが、これほどまでに心地《ここち》よいとは。家族はこの意義を全く理解してくれないんだ」

ガイ博士はそう言いながら苦笑《くしょう》した。侯爵家に生まれて学問の道に進むことは珍《めずら》しいのかもしれない。前世の私も、就職もせず大学院に行き、その研究分野も良《い》い就職先に繋《つな》がるものでもなかったから、親にはとうとう納得してもらえずじまいだった。

ああ、ロックウェルの家族も、スタン家の家族も温かく見守ってくれるこの環境《かんきょう》が、いかに恵《めぐ》まれているか痛感した。

「どうしよう。元々かっこいいガイ博士が社会的地位まで上がっちゃったから、私以外の女性にも目をつけられてしまうっ！」

アンジェラが悲愴《ひそう》な顔をして叫《さけ》んだ。確かにそれは言えるかもしれない。この地味な私すら博士になったら注目を浴びた。

「ガイ博士！　まだ数学の総合得点は出ていないのですか？」

「それは言えないよ」

ガイ博士が苦笑する。

「くっ、では『一位だったらデート』の話とは別に、卒業パーティーでエスコートしてくれませんか？　私、まだ一人ぼっちなんです！　アカデミーの先生だから、元々その日はパーティーのスケジュールを入れてますよね？」

「あ、ああ」

アンジェラの猛攻《もうこう》が始まり、ガイ博士はタジタジだ。

「お願い先生！　入場だけでいいのです。ドレスはピア様に仕事を斡旋《あっせん》してもらって自分で用意しました。講堂の玄関《げんかん》から五十メートルくらい一緒に歩いてくれるだけでいいのです！」

「卒業パーティーのドレスを自分で……」

当然ガイ博士はアカデミーの卒業生だ。パーティーのドレスの意味を知っており、なぜアンジェラが自前のドレスを着てたった一人で入場する羽目になったのか、瞬時《しゅんじ》に察した。ガイ博士の瞳に一瞬《いっしゅん》、憐憫《れんびん》のようなものが浮《う》かんだ。

「……はあ、こうまで懇願《こんがん》されてエスコートしないのは、男の恥《はじ》だ。でも、私は教員として登壇《とうだん》すると決まっているから、本当にエスコートだけになるけどいい？」

「ガイ先生っ！　エスコートだけで十分です！　やったわ！　ありがとうございます！　ピア様聞いてましたよね？　証人ですよ！」

「聞いてた聞いてた。アンジェラの粘《ねば》り勝《が》ちね。言ってみるものだね～」

私は呆《あき》れたように肩《かた》をすくめてみせた。アンジェラがこのエスコートを同情されたと取らないように。あくまでも、アンジェラの押せ押せ作戦が成功したのだ。

「よし、私も体型が変わったから、衣装《いしょう》を新調しよう。アンジェラのエスコートに相応《ふさわ》しい、かっこいいスーツにしないとね」

素敵《すてき》に装《よそお》った二人が講堂に入場したら、きっとどよめくだろうなあと、ニマニマと想像していると、控《ひか》えめなノックが響《ひび》いた。マイクが応対に出る。

「ピア様、今日は他にも招待している方がいるのですか？」

私は黙《だま》って首を横に振《ふ》った。心当たりもない。やがてマイクが険しい顔で戻《もど》ってきた。

「ピア様、うちの伝令でした。イリマ王女がロックウェル領に押しかけているそうです。他国の王族がなんの連絡《れんらく》もなくやってきて、通せと騒《さわ》ぎ、領境の関所が大いに困惑《こんわく》しているると。とりあえず領境の宿に入ってもらい、指示を待っています」

あまりの事態に唖然《あぜん》とする。

「え？　待って、どうして突然《とつぜん》ロックウェル領なの？」

「実は貴賓《きひん》室の件以降、王女はこの研究棟に何度も訪《おとず》れていたのですが、王族であれもう二度と関わる必要はないとのルーファス様の命で、全て追い返していたのです。正規ルートでの王宮や侯爵家での面会要請《ようせい》も断ってきました。それで業《ごう》を煮《に》やして手薄《てうす》なロックウェル領へ、ということでしょうか。未然に防げず申し訳ありません」

「追い返してた？　一国の王女にそんな扱《あつか》いをしていいの？」

「パスマ国王はそうする旨《むね》を承諾《しょうだく》済みだとのことです」

「ピア様？」

アンジェラが何事かと首を傾《かし》げる。少し考えたがアンジェラは交友関係の少ないボッチの私の研究室に入《い》り浸《びた》っている、相手から見ればどっぷり私の関係者だ。またこの研究棟に来るかもしれないことを考えると、少しは説明しておいたほうがいいだろう。

「……パスマのイリマ王女殿下《でんか》がね、ルーファス様を好きなんですって。で、政略結婚《けっこん》の私よりも王女である自分のほうが彼を幸せにできるから、離婚《りこん》しろとおっしゃるの」

ちらりと見ればガイ博士が小さく頷《うなず》いた。あの学校の貴賓室での会話は、教員のガイ博士にも連絡が入っているのだろう。

「無理やり離婚させることができなかったから、私自ら、快く身を引いてほしいのでしょうね」

決着したと思った問題が振り出しに戻ったとわかり、がっくりと肩を落とす。

「よっぽど、ルーファス様を好きなのですね。でもルーファス様の気持ちを無視し、王族として両国間で既に解決のついた問題に納得せず、他国に迷惑《めいわく》をかけるのはどうかと思うわ。自国の評判も落としかねないのに。そのうち悲劇の主人公を気取りそうで厄介《やっかい》ですね」

そのアンジェラの言葉に、私の考えは正常だと言われた気がしてホッとする。

「恋《こい》は……人を愚《おろ》かにするからね。それにしても災難だね。まあ、国内の高位貴族はピア博士が宰相《さいしょう》補佐に縋《すが》りついているのではなくて、宰相補佐こそがピア博士に執着《しゅうちゃく》しているということを、わかっているから安心しなさい」

わが身を振り返ったのか、ガイ博士は自嘲《じちょう》気味にそう言った。

アメリア様やエリンも高位貴族だが所詮《しょせん》私の親友なので、何か事件が起きた時に私を擁《よう》護《ご》しても、それは贔屓《ひいき》だと思われかねない。

しかし力ある侯爵家であり、ひと世代上のガイ博士は立場が異なる。ガイ博士が私を擁護してくれることがわかり、素直にありがたく思った。

ところで執着って……!?


お茶会が終わってすぐにイライラしたルーファス様が、サラも連れて迎えに来てくれて、先週ぶりのロックウェル領へ向かった。空は私たちの気持ちを表すかのように暗く曇《くも》っている。

「こんなにすぐ領地に戻ることになるなんて。ルーファス様、お仕事の途中《とちゅう》に申し訳ありません。でも、私一人ではどうすればいいかわからず、お言葉に甘えました。一緒に来てくれてホッとしています」

「当たり前だ。もう、許さない」

ルーファス様の表情はひたすら冷たく険しく……荒《あ》れる予感しかなくて胃が痛い。大好きなロックウェル領に行くことがこんなに気が重いのは初めてだ。

馬に少し無理をさせて、前回よりも短い時間で到着《とうちゃく》する。関所で馬車から顔を出すと、ロックウェル側の兵士に「ピアさま～」と涙《なみだ》ぐまれた。相当脅《おど》されたのかもしれない。あとで何か美味《おい》しいものを届けてもらわないと。

領境の町の一番手前にある宿には、ゴージャスな馬車と、見慣れた使い込まれた馬車が止まっていて、私たちが到着すると中から人が出てきた。

「お兄様！」

兄も自領の迷惑極《めいわくきわ》まりない一大事に当然駆《か》けつけていた。

「先に入って王女殿下のお話を聞いておこうかとも思いましたが、やはりルーファス様と打ち合わせしてからのほうがよかろうと、待っておりました」

「義兄上《あにうえ》、全て私の不徳の致《いた》すところ。ご迷惑をおかけして申し訳ありません」

ルーファス様が、兄に深々と頭を下げた。こんな姿、初めて見る。

「わっ、頭を上げてください！　そもそも、ルーファス様は被害者《ひがいしゃ》でしょう？」

「この私が状況《じょうきょう》を操《あやつ》れず、被害者などになることこそ問題です。こんなことではおばあ様の信頼《しんらい》が……くそっ！　義兄上、王女は自分とこの私が愛し合ってる、とかふざけたことをほざくと思いますが、そのような事実、一ミリもございませんので誤解しないでください。私はピアと墓どころか来世までも一緒にいるつもりです」

「……えーっと、そのへんは全く、誤解してません……よ？」

兄は一瞬だけ遠くを見つめた。こんな重要な場面で気持ちをそらさないで！

「では、全てこの私にお任せください。行きましょう」

前方を睨《にら》みつけるようにして宿に入るルーファス様に、小心者兄妹《きょうだい》はちらりと視線を合わせて、速足でついていった。


ド田舎《いなか》の小さな客室のベッドに、イリマ王女は腰《こし》かけていた。本日はアカデミーに顔を出していないのか、例の鮮《あざ》やかな民族衣装姿だ。前回の侍女《じじょ》と男性従者、さらに護衛で窮屈《きゅうくつ》なうえに私たち三人が入り、隙間《すきま》もない。

王女は立太子の儀《ぎ》以来のルーファス様を見て、瞬《またた》く間《ま》に目を輝《かがや》かせた。

「ルーファス！　ようやく直接会えた！　皆《みな》があなたの気持ちを無視して引き留めているのでしょう？　早く私とパスマに行きましょう。父王も口では諦《あきら》めろとか言っているけれど、到着したら絶対に私たちのことを歓迎《かんげい》してくれるわ！」

いろんな人が王女にルーファス様と私の立場や想《おも》いを伝えてくれたはずなのだが、彼女はそれらを嘘《うそ》だと判断したようだ。この自分に都合のいいように話が展開すると信じ込んでいる感じ、ヒロインの頃《ころ》のキャロラインとのやりとりを思い出す。

まさかイリマ王女も他のゲームのヒロインなんだろうか？　そして私はまたしても、愛する二人を引《ひ》き裂《さ》くシルエットモブ悪役令嬢《れいじょう》？

ルーファス様は、両手を広げて歓迎する王女を無視して、自分と兄と私を改めて手短に紹介《しょうかい》した。そして、

「私にそのつもりはありません。王妃殿下《おうひでんか》の発言は申し訳なかったが、既にパスマ国王には我が陛下が個人的にお詫《わ》びをし、両国間で解決済み。どうぞこの件は忘れてアージュベール王国での留学を実り多きものになさいませ」

思ったよりもルーファス様は大人の対応で、胸を撫《な》で下《お》ろす。ルーファス様本人の言葉ならば、彼女の心に届くだろうか？

「……何を言ってるの？　私はね、立太子の儀のあと、一度はおとなしく国に戻ったのよ？　でもあなたのところの王妃様がルーファスは実は私を気に入っている、礼を尽《つ》くせば面倒事《めんどう》はアージュベールのほうで処理してやる、そう言ってルーファスとの結婚を確約したの。だから安心してやってきたの」

「それはどのようなルートで約束されたのですか？　非公式であれ双方《そうほう》の国主と外務の大臣が目を通さない約束など意味がありません」

「だから、王妃様がっ！」

「つまり王妃殿下一人の思い違い、誤りです。私は幼少の頃より妻ただ一人を深く愛して

いる。未来永劫《えいごう》離婚するつもりはない」

「そんな……嘘でしょう……」

王女の顔色がどんどん悪くなっていく。本当にルーファス様は自分のことをなんとも思っていなくて、離婚して自分と結婚するつもりもない、という真実がじわじわと彼女の脳に浸透《しんとう》しているのかもしれない。

「姫様《ひめさま》……」

よく見れば王女の従者たちも愕然《がくぜん》としていたり、頭を抱《かか》えていたり。

これは……ここまでショックを受けているのを見るに、自分の意思を通すために難癖《なんくせ》つけて私を引きはがそうとしていたのではなくて、本気で王妃の言葉や噂《うわさ》を信じ、ルーファス様は自分のことを好きなのだと信じ込んでいた、ということなの？

「なんてこと……恋する相手が、自分のことを好きらしいと伝えられて舞《ま》い上《あ》がっちゃったのかも……まだ若いし……。一国の王妃がでたらめなことを言うはずがないと、普通《ふつう》は思うよね……」

なんとも痛々しく感じ、ボソッと呟《つぶや》くと、兄にすぐさま窘《たしな》められた。

「ピア。同情は判断を誤る。もう既にお前だけの問題ではないんだ」

私は口を固く引き結んだ。

「じゃあ……じゃあ、この私におめおめとこのまま国に帰れと？　私はあなたとこの国を信じて留学してきたのに？　許せない！　納得できないわ」

「気の毒とは思うが、私に責任を求められても困る」

だんだんと王女は激情に揺《ゆ》さぶられだした。しかしルーファス様は一貫《いっかん》して静かな声色《こわいろ》のままだ。ルーファス様の反応のなさが物足りなかったのか？　急に矛先《ほこさき》を私に向け、憎々《にくにく》しげに睨みつけた。

「あなたが引けば解決するんだけど？　たかが伯爵《はくしゃく》位で王族に楯突《たてつ》くなんて本当にありえない」

そう言いながら、この宿の客室や私、そして兄を値踏《ねぶ》みするように見て、クスッと鼻で笑った。

「とっても貧乏《びんぼう》な領のようね。援助《えんじょ》してあげてもいいわよ？　ルーファスと離婚すれば」

えっ？　と思って私と兄は自分たちを見比べる。私は研究室から来たので、白衣にメガネに制服姿。兄も軍の研究所で仕事中だったらしく、汚《よご》れても良い着古した普段着《ふだんぎ》に白衣。

「これは……」

「そう思われても仕方ないな……」

兄と二人、着替《きが》えてくるべきだった、ルーファス様の足を引っ張ってしまったと地味に落ち込んでいると、ルーファス様が小さい声でひとりごちた。

「まさか、私が数秒前に愛していると言った女性を、バカにする人間がいるとはね」

それを聞いてしまった兄は、あちゃーと天井《てんじょう》を見上げた。

「一体いくら援助したら離婚するの？　言い値を払《はら》ってあげるわ！　とにかくもうここで引き下がりなさい！　命令です！」

「姫様っ！」

反応の少ない私たちに焦《じ》れたのか、王女はいよいよ金切声《かなきりごえ》を上げだした。明らかにやりすぎだ。慌《あわ》てて男性従者が止めようと声をかけるが、間に合わなかった。

彼女は振り切った感情にどう折り合いをつけて、落ち着かせるのかわからないのかもしれない。王族ゆえにケンカや欲《ほ》しいものの取り合いなどの経験がないから。

とにかくこれ以上はまずい！　あなたこそ引いて！　と手を組んで祈《いの》る。

「……よくわかった。あなたは尊敬に値《あたい》しない」

あまりに冷たいルーファス様の声に、私含《ふく》め王女以外の人間が凍《こお》りつく。

「姫様、落ち着いてください。あの、スタン侯爵令息、私はイリマ王女の従者、パスマ王国のタミル伯爵家次男、ナディー・タミルと申します」

ようやく従者がアクションを起こした。ナディーと名乗った彼は、ルーファス様の前で膝《ひざ》をつき、頭を下げた。

「王女殿下とは従兄妹《いとこ》という間柄《あいだがら》でもあります。お見苦しい真似《まね》をして誠《まこと》に申し訳ありませんでした。姫……いえ、殿下は、その、想いが通じずショックで、取り乱したようでして……」

あの従者、王女の従兄妹だったのか。そう言われれば鼻筋が似ているかもしれない。

でもそんな近しい関係者がついていたのなら、なぜ前回の段階で王女に言い聞かせてくれなかったのか。

「思うようにならず、かんしゃくを起こした、の間違《まちが》いだろう？」

「あ、あのう……」

「貴国の国王からはイリマ王女へ説明済みだと聞いている。確かに元はこちらの王妃殿下の行動に非があった。だからそちらの陛下宛《あて》に丁重《ていちょう》に謝罪し、もう話はついているのだ。なのになぜこのような行動を取る？　この王族の自覚も品性もない非礼や暴言の数々、パスマでは許されるのか？　従者は他国でこんなにパスマの評判を落としている王女を窘めることもないのか？」

そもそもが我が国の王妃の失態だったために低姿勢だったルーファス様。しかしこの王女の暴走と、それによる侮辱行為《ぶじょくこうい》に、もうその必要もないと判断したようだ。

「よくよくお教えしておきますので」

「遅《おそ》いっ！」

時既に遅しだ。ルーファス様は完全にキレた。顎《あご》を上げ目を細めて王女を見下ろす。

「王女殿下、あなたは散々自分と結婚したほうが利があると言っていましたね。具体的にあげてください……早く」

ルーファス様の豹変《ひょうへん》ぶりに驚《おどろ》きながらも、王女は堂々と返答しようと努力する。

「わ、私は王女よ」

「だから？」

「私と結婚すれば、王族の一員になれるわ」

「そんな煩《わずら》わしい立場、死んでもごめんです」

「っ……資産を持ってるわ」

「私も持っているし、これからも増える。必要ない」

「私は美しいし」

「そのようですね。でも私の好みではない」

「両国の架《か》け橋《はし》になれるわ」

「たった今、あなたがその橋を木《こ》っ端《ぱ》みじんに叩《たた》き壊《こわ》した」

「国王陛下に、進言できるわ」

「パスマ国王は常識的な方だ。政治と王女のわがままを混同しないだろう」

「………………」

「終わりか？　どれも私には不必要なものばかりだったな」

王女が拳《こぶし》を握《にぎ》り締《し》め、ワナワナと震《ふる》えだした。

「ひどい。優《やさ》しいあなたが大好きだったのに！　私への侮辱は国への侮辱に他ならないわ」

「勉強不足だ。貴国の外交担当者に聞いてみろ。私を優しいなどと評する者は誰《だれ》もいない。そして私の愛は妻にあり、殿下にないこと、これ以上問題を起こしたら叩き出すことをパスマ国王に許可を貰《もら》っている。せっかく穏やかに話をつけようとしてやったのに。自分の気持ちばかり押しつけ、人をバカにし思いやりのかけらもない女を私がそばに置くとでも？　まして傷つけたのは私の最愛のピア。殺したいくらいですよ」

ルーファス様のきつめの言葉と、自分たちの国王もルーファス様の言い分を認めていることを知り、パスマの民《たみ》全員が青ざめ、立ち尽くす。

「どうして……どうしてそんなひどいことを言うの？　大好きなのに！　ルーファスが大好きなのに！　あなたも私のことが好きだって言うからー！」

とうとう王女は人目もはばからずとわんわんと泣き出した。慌てて侍女が駆け寄り慰《なぐさ》めるが、泣《な》き止《や》む気配もない。

すると、宿の店主が階下から現れ、眉《まゆ》毛《げ》を八の字にして「ラルフ様……」と外を指差す。

普段は静かなこの領境の町、見かけない豪華《ごうか》な馬車と我らの次期領主がやってきて、極《きわ》めつきは女性の泣き声。どんどん人が集まってきたようだ。兄がすぐに決断した。

「とりあえず、本邸《ほんてい》にお招きいたしますので、お話し合いの続きはそこで」

王女の大型の馬車では通れない道幅《みちはば》の農道があるため、ロックウェルと私たちの馬車で、本邸へ向かう。兄を王女サイドに一人乗せるのは、生け贄《いにえ》のようであまりに可哀《かわい》そうだったため、私もロックウェルの馬車に乗ると言うと、結局ルーファス様も乗り込んできた。

頑丈《がんじょう》だけが取り柄《え》の馬車に、王女様と従者ナディー、そして向かいに私たち三人。キツキツだ。気まずい雰囲気《ふんいき》ゆえに、皆、車窓に逃《に》げる。

先ほどまでの雑然とした王都の街並みから、一面畑ののどかな農村風景に景色が変わった。先日同様大根やアブラナなどの冬野菜が青々と茂《しげ》り、その畑の周りには用水路が張《は》り巡《めぐ》らされている。天候が安定している今年は、平年どおりの収穫《しゅうかく》高になりそうだ。

そんなことを考えていると、正面に王女と並んで座る従者ナディーの鼻息が荒《あら》くなっている。

「で、殿下、殿下！　窓の外をご覧ください！　ほらっ！　ほらっ！　泣いてる場合じゃありません！」

「ナディーまで……ひどい……」

「ひどいのはどちらですか！　とにかくあなたがパスマの利のある王女ならば、顔を上げて！」

ここまではひたすら従順な従者だったのに、王女を挑発《ちょうはつ》してまで外を見せようとするナディー。

何事だろうか？

「ナディー……あなたまで私をバカにして……え？」

なぜか王女も言葉を失う。訝《いぶか》しく思い私も彼女たちの窓の外を見るが、やはり何もない。いつもと変わらぬ田舎道だ。不思議に思っていると、ナディーと目が合った。

「質問させていただけますか？　――ありがとうございます。あの、この地は水が豊かなのですか？」

水？　なるほど、畑の間を碁盤《ごばん》のように通している用水路を見ていたのか。私の代わりに兄が返事をする。

「いえ、他の土地と変わりません。ただ便利が良いように水路を張り巡らせ、その重要性とメンテナンスの必要性を領民に周知しているだけですね」

王女も泣き止んでいて、兄に食いついてきた。

「特に水が豊かではないの？　なのにこんなに隅々《すみずみ》まで行き届いているの？　一体どうしているの？」

「急に灌漑《かんがい》設備に関心を示すとは……」

ルーファス様が胡散臭《うさんくさ》そうに薄眼《うすめ》で王女を見る。すると王女は傷ついたように美しい顔をゆがめた。

「……急ではないわ。私の留学の目的はあなたのことだけではなかったもの。降水量の少ない我が国の問題解決の糸口を学ぼうと思ったのよ……」

なるほど……と納得した。南国のパスマはおそらく、前世の南の島国と同様に、海水に囲まれているが、真水は少ないのだ。

やはり腐《くさ》っても王女、恋に振り回されながらも、国の最大の問題である水には常に関心を持っているのだろう。

「ふーん」

とルーファス様は突《つ》き放《はな》してしまったが、王女は涙を堪《こら》え、兄に向きなおり再度聞く。

「解決の糸口になるかはわかりませんが、うちの灌漑はそう難しいことではないですよ」

「ならば、お、教えてちょうだい！」

なおも食いつく王女にルーファス様は思うところがあったのか、少し態度を軟化《なんか》させた。

「殿下、真に受けてはダメですよ。この一見のどかな田園風景には最新の技術とお金と領民の労力がつぎ込まれています。まあ、殿下のそのネックレスを手放せば頭金くらいにはなるかもしれません」

ルーファス様はそう言って苦笑した。

二人に会話が生まれだしたことに、外交上の危機は去ったかも？　とひとまずホッとして、私はこのすきま時間に兄と定例の意見交換《こうかん》をすることにする。

「なぜ私が宝石を手放さないといけないの！」

「……民を幸せにしようという覚悟《かくご》の問題です。口先だけなら誰でも言える。……ちょうどいい、ピアと義兄上の話を聞いてみてください。ただし絶対口を挟《はさ》まないこと。この家族は会話を通じて事態を共有し、問題点を見つけ解決への道筋を模索《もさく》するのです」

「お兄様、あの水車はおじい様の晩年の作ですよね？　まだまだ使えると思っていました。交換ですか……修理ではなくて」

「これまでもだましだまし使ってたんだ。とりあえずまだ使えるうちに新しいのを作らせておかないと、もし交換前に止まったら大打撃《だいだげき》だ」

「全部で何基ですっけ？」

「とりあえず四」

「四！　あー壊れる時って、なんでいっぺんに来るんだろう？　職人さんたちはまだ元気でしょうか？」

「皆高齢《こうれい》だけどね。世代交代も急務だ。早いところ若い奴《やつ》を弟子入《でしい》りさせて、水車の技術を継承《けいしょう》させたい」

「最優先ですね。四基分の材料費と人件費……うん、お兄様、今回は私が出します。最近きな臭《くさ》いから地図がよく売れるの。とりあえず純粋《じゅんすい》に材料費は一基五百万ゴールドってところ？　全部で二千万？　人件費でさらに倍。……まあきっと、あと二百枚くらい描《か》けばなんとかなる」

「いやピア、私もこないだ蓄音機《ちくおんき》の大きさを従来の半分にしたことで、臨時収入があった」

「お兄様、臨時収入はぱーっと使わなきゃ」

「ったく、誰に似たんだ。まあいい。半分ずつでいいか。とりあえず最初は一千万ずつで」

「案外……大きなお金を動かすのね。だというのに質素な身なり」

「義兄もピアも、臨時の出費が発生した時、必要とあらば自分で稼《かせ》いだお金を領民に差し出します。まだ発展途上《とじょう》の土地だから、領の収益で賄《まかな》えないのはしょうがない、と。あなたは誰の稼いだお金を自分の資産と言い、私のために使おうというのでしょう？　まさかパスマの民の血税ではないですよね？　そもそも私もスタン領を自力で豊かにするくらいの甲斐性《かいしょう》はあります。そしてピア同様、自分の土地を愛している。事情もなく簡単にそこを捨てて隣国《りんごく》に婿入《むこい》り？　ありえない」

「っ！」


ロックウェル本邸に着くと、早馬の連絡を受けて車椅子《くるまいす》の祖母が玄関で待ち構えていた。

真冬の風が吹《ふ》く中、祖母が早速《さっそく》ジャブを放つ。

「随分《ずいぶん》とわが地で大騒《おおさわ》ぎしてくださったようねえ。一国の王女が、他国の夫婦《ふうふ》を離婚させるためにわざわざこんな小さな領までご足労を？　なんとまあ時代も変わったこと。昨今の王族は善良な民の幸せをぶち壊していたぶるのが流行《はや》りなの？」

これはさすがに不敬だろう。私の心臓は今度は身内のせいで止まりそうだ。

「わ、私は王女よ！　その物言い、無礼ではなくて？」

「あらあら、連絡もなしにやってきて、下々を困らせたあげく、王女だとふんぞり返るなんて、パスマも随分と品位が落ちたこと。あら、無礼でしたかしら？　私、このとおり車椅子で身動きが取れません。首をはねていただいても構わなくてよ？　さあどうぞ」

「そんな……」

祖母の言葉が冗談《じょうだん》でなく真剣《しんけん》だと王女も気がついたのか、呆然《ぼうぜん》としている。殺してくれても構わない、と言う恐《おそ》ろしい老女に、年若い王女が対応することなどできるわけがない。

「もう……どうすればいいの……」

王女はとうとう放心状態になってしまった。弁護もなく味方もなく、とうとうぽっきり心が折れてしまったのかもしれない。彼女にとっての敵として多勢で取り囲んだ私たち。さすがに罪悪感が湧《わ》く。すると兄がとりなした。

「おばあ様……私にお任せください。ピア、何か美味しいものでも出してくれ」

兄は王女とルーファス様を応接室へ案内した。

「全く。ピア！　どうなってるの！」

「おばあ様、ごめんなさい」

私とサラはおばあ様の車椅子のスピードに合わせて屋敷《やしき》に入った。

サラとお茶の準備をしながら、王女を不憫《ふびん》に思う。傲慢《ごうまん》で、私に対して最低な態度も取ったけれど、王妃に踊《おど》らされた被害者であることも否《いな》めない。

そして自分のことを好きだと思っていた相手が、実は歯牙《しが》にもかけていなかった、という事実に呆然とする様は、前世の自分を見ているようで、胸が痛い。そもそも「騙《だま》されていた」ということそのものが、なんて自分はバカだったのだろうと心をえぐる。

「マイク、王女様はおいくつか知ってる？」

「ピア様の二つ下かと」

「年下かあ……」

十七歳。私よりもうんと色っぽいけれど、中身はまだ少女なのだ。ルーファス様と離《はな》れることだけはできないけれど……慰めてあげたい。私もあの時、ひとりぼっちが殊更《ことさら》身に染《し》みて辛かったから。

そのためには、カイルのお菓子《かし》しかない！

「ピアー！　それは前回の私へのお土産《みやげ》でしょう？　大事に取っておいたのに！」

勝手知ったる厨房《ちゅうぼう》から目当てのものを探し出すと、ついてきたおばあ様が、口をへの字にして文句を言う。

「おばあ様ごめんね。またいっぱい持ってくるから、今回は譲《ゆず》って！」

「はあ……本当にピアは甘いんだから……ちょっとおいで《だ》」

祖母に呼ばれ、小走りで駆けつけると、ぎゅっと抱きしめられた。

「本当にピアは、お菓子の甘い香りがするわね……侯爵夫人《こうしゃくふじん》としては致命的《ちめいてき》だけれど、変わらないでほしいと思うのは、わがままかねえ……」

応接室に戻ると水を打った静けさだった。私はサラと分担してお茶とお菓子をふるまう。お菓子は晩白柚《ばんぺいゆ》？　の果肉を真ん中に閉じ込めた、透明《とうめい》でキラキラ光るジュレだ。エリンの温室では一年中実がついているけれど、カイルの話では本来はこの時期が旬《しゅん》らしい。

「さあ、一旦休憩《いったんきゅうけい》にしましょう。この暖かい部屋ではジュレが溶《と》けてしまいます。お早めにお召《め》し上がりください」

そう言うと、皆いそいそと器《うつわ》を手に取った。王女も機械的にそれを真似たが、なぜか目の高さまで持ち上げて、首を傾げて見ている。そんな王女をナディーが後ろから覗《のぞ》き込み、

「こ、これは我が国の柑橘類《かんきつるい》のマレダリじゃないですか⁉」

「マレダリ？」

話を聞くと、なんと晩白柚もどきはパスマの特産品だった。エリンは確か……隣国から移植したと言っていた。パスマのことだったのだ。正式名はそうだったのか～と思いながら、エリン経由で手に入れて、カイルが作った話を簡潔にした。

「うちのデカい素朴《そぼく》なミカンをこんな綺麗《きれい》に加工してもらえるなんて、感動です！　ね、殿下！　ね！」

ナディーが必死の形相で、もはや発言の序列とか、順序とかお構いなしに、どちらからも言葉を引き出そうとする。どうにかこの場を取り持とうと必死な彼に、注意する者はいない。

でも、ここまで王女が増長したのは彼らの職務怠慢《たいまん》でもあるわけで、積極的に助ける者もいない。これまで私を憎々しげに見ていた王女の侍女など、下を向いてブルブル震えるだけだ。

やはり、ここは私の出番だろうか？　おばあ様とルーファス様が折れるわけがないし、兄は私以上に口下手だ。実際もうこの部屋で息を吸うのも苦しい。エリンの店の話など、ペラペラ頑張《がんば》って話そうか……と思っていた矢先、声を上げたのは意外にも王女だった。

「……とっても綺麗。綺麗なお水があるからこそ、こんなに美味しいお菓子もできるのね。お父様と……すっかり食の細くなったおばあ様にも食べさせたいわ」

あとからルーファス様に聞くと、パスマは遥《はる》か昔から「お年寄りを敬うべし」がモットーの民族だった。それもあり学長に従順で、祖母にも強く歯向かえなかったのだろう。

王女の歩み寄りにひとまずホッとして、皆でジュレをつるんと食べると、スプーンを置いた王女が一度ぎゅっと勇気を振り絞《しぼ》るように目を閉じてから、おずおずと話し出した。

「これまでの非礼、謝ります。ルーファス……スタン侯爵子息のことも……諦めます。ですのでパスマのために、引水や用水路の技術協力をお願いしたいのです」

そう言って頭を下げる王女はひと回り小さくなったように見えて……もはや私には憎《にく》むことなどできそうになかった。

しかし灌漑事業を実質取り仕切っているのは、亡《な》き夫から引き継《つ》いでいる祖母だ。

「相当このロックウェル伯爵領とピアをこき下ろしていたようですが？　最近は用水路一つ通すにしても、ピアの地図なしでは考えられないというのに」

「あ……」

祖母の容赦《ようしゃ》ない追撃《ついげき》に、もはや王女はボロボロだ。もう、非も認めてくれた。十分だ。

「お、おばあ様、パスマの皆様《みなさま》は水に恵まれず困っているそうです。我々が役に立つのならお助けしてあげましょう？」

私は祖母の手を握りながら、助《たす》け舟《ぶね》を出した。しかしルーファス様の返事は渋《しぶ》い。

「ピア、私はこれまでピアが受けた仕打ちを忘れていない。虫がよすぎる」

「ルーファス様！　水路だけに水に流すのです！」

相当上手《うま》いことを言ったはずなのに、ルーファス様はがっくりとうなだれ、兄とサラとマイクは明後日《あさって》のほうを向いて、肩を震わせている。なぜ？

そして、王女とナディーも全身で震えていた。目に涙を浮かべて。

「まさか、殿下が一番きつく当たった、あなた様が助けてくださるとは……」

ナディーが私に向かって深々と頭を下げた。

「ふぅ……さて？」

祖母はそう言うと、ルーファス様と兄に目配せした。ルーファス様はちっと舌打ちをして腕《うで》を組む。

「……ピアがこう言うのですから、是非《ぜひ》教えてさしあげてください」

「私のほうは、ルーファス様に従います。しかしこの技術はおじい様の遺産として、おばあ様が身を挺《てい》して守ってきたもの……」

祖母が右手をひらひらと振って、兄の言葉を止めた。

「ラルフ、ありがとう。でもそう大層なものじゃないわ。後生大事に持っていても、どこからか漏《も》れて、いずれ普及《ふきゅう》するものよ。ピアの地図のようにね。問題はどれだけ価値をつけてもらえるか……ルーファス様、お手並み拝見しましょうかしら？」

祖母がルーファス様にニッコリと笑いかける。

「お任せください。そもそも技術を教えたところで、素人がすぐに呑《の》み込めるものでもなく、材料も整備する道具もここでしか揃《そろ》わない。そして何より……一見、儲《もう》けを産まない灌漑設備に大金をかける勇気のある人間がどれだけいるか……そう簡単にあちこちで工事が始まるということは起こらないでしょうね。ああ、スタン領はきっちり対価をお支払《しはら》いしますので、使用許可をよろしくお願いします」

祖母がしっかりと頷き、話がまとまった。それを見て、自分の番だとわかっている兄が、今後について説明する。

「王女殿下、とりあえず本国の治水関係の担当者を私のもとによこしてください。そこでスタン侯爵家立会いの下、詳細《しょうさい》を打ち合わせし、金額の折り合った暁《あかつき》には責任者が顔を合わせ、書面にて契約《けいやく》を交《か》わしましょう」

「あ、ありがとう！」

王女はすぐさま礼を言った。これまで自分を糾弾《きゅうだん》していない、兄が交渉《こうしょう》相手だったからか幾分《いくぶん》リラックスして見える。

「ただし、これまでの我がロックウェル伯爵家と関係者への理不尽《りふじん》な言いがかりを正式に謝罪し、今後一切《いっさい》この件を持ち出さない、王族の権力で我が妹を脅さないことを両国にあなたの口で宣言すること。それがスタートラインです」

「わ、わかりました。戻り次第《しだい》、ちゃんと、準備するわ……」

シュンとする王女に兄は少し困った顔をして、最後に優しくアドバイスした。

「具体的なロックウェル領の事例を見学するためには、まずはきっちりアカデミーで基礎《きそ》を学んでからおいでくださいね。学ぶ意欲のある方をロックウェルは歓迎しますよ」


ロックウェル家の馬車で、王女たちを宿まで送っていった。

「あー、疲《つか》れたわ！」

「おばあ様、心配かけてごめんなさい！」

私は車椅子の後ろに回り、祖母の肩を揉《も》もうとすると、

「ピア、肩はいいから足を揉んでちょうだい？」

ずっと座りっぱなしの祖母の足は血流が悪く、前世で言うエコノミークラス症候群《しょうこうぐん》になりかねない。だから私や兄は幼い頃から祖母の足をマッサージするのだが、それには足を私の膝に乗せてもらわなければならない。

「えっと、ここで？」

ちょっと男性の前ではためらう姿勢だ。

「構わないでしょう？　この部屋には家族しかいないのだから」

そう言って祖母は私に向かってウインクした。

「おばあ様……」

つまり、ルーファス様、そしてマイクを受け入れてくれたのだ。

「……せーの、よいしょっ！」

車椅子の位置を調整し、ソファーに腰かける私の膝に祖母の両足をゆっくり乗せた。随分冷たくなっている。足先から膝に向けて、まず温めるようにさすっていく。

「気持ちいい……ルーファス様、面倒な王女をロックウェルによこした時は、どうしてやろうかと思ったけれど、まあ、結果大金を手に入れる算段がついたので及第点《きゅうだい》ね」

「おばあ様っ！　言い方っ！」

祖母にとっての及第点は最大の賛辞ではあるけれど、ルーファス様はそれを知らない。あわあわと彼を見ると、彼は祖母に微笑《ほほえ》んで軽く頭を下げていた。

「水路管理には案外お金がかかるのです。今後の交渉、ご助力お願いします」

兄はそう言って苦笑いしながら、今度はルーファス様に頭を下げた。

「本当にあの人の残した設備は金食い虫だから……でもなんとかこれまでやりくりできているのは、できた孫が援助して、代わる代わるマッサージしてくれるおかげだわ」

祖母はそう言って、兄とサラを見て目尻《めじり》を下げ、マッサージ中の私の腕をトントンと叩いた。

「おばあ様、私も孫としてお役に立ちますので、是非こき使ってください」

ルーファス様がそう言うと、祖母は目を丸くして、声を立てて笑った。


いつの間にか雲は去り、夕焼けに見送られて私たちは帰途《きと》についた。兄は今夜は泊《と》まるらしい。お客様を迎えて少なからず神経を昂《たかぶ》らせた祖母を、気遣《きづか》ってのことだ。

「さすがピアだね。あのワガママ王女を改心させるなんて」

「いいえ、いつもどおりカイルのお菓子のおかげです。それとエリンの晩白柚もどき！　まさかパスマ産だったとは。晩白柚はルーファス様が好きだから、いっぱいお菓子を考案してくれるようにカイルに頼《たの》んでいたのです。それが功を奏しました」

「私のためなの……か」

「はい！　お味はいかがでしたか？　カイルが改良するために聞いておいてほしいと言っ

てました」

　私がそう話しているうちに、みるみるルーファス様の顔が赤く染まり、眩《まぶ》しそうに目を細める。夕焼けが直撃《ちょくげき》しているようだ。慌ててカーテンを閉める。

「うん、とっても美味しかったよ。カイルの腕前《うでまえ》はもちろんだけど、結局、ピアの私やおばあ様、そして王女を癒《い や》したいという気持ちが尊いんだ」

　今日の訪問中、私はほとんど口を挟むこともできず、全く役に立たなかったことは自分が一番よく知っている。でも、ルーファス様がそう言ってくださるなら、カイルのお菓子を持ち込んでいたことで手柄《て がら》を立てたことにしておこう。

　私はできるだけ彼の正面になるように体をねじって、改めて頭を下げた。

「ルーファス様、態度の悪い祖母を許し、丁重に接してくれてありがとうございます」

　ルーファス様はふっと目尻を下げて、私の前髪《まえがみ》を整えた。

「私はピアのおばあ様、好きだよ。少々ひねくれているけれどね？　それも家族と領を守《ま も》り抜くという揺るがぬ信念ゆえだ」

「賭《か》けはルーファス様の勝ちです。よかった」

　心底安心してそう言うと、なぜかルーファス様にパチンとデコピンされた。

「いたっ！」

「バカだね。この賭けばかりは勝つまで何度もトライするつもりだったから、ピアは心配することなかったんだよ」

　ルーファス様は、行動で私を安心させてくれる。

「もう……私、何をプレゼントしましょうか？」

　ピリッと痛むおでこをさすりながら尋《たず》ねると、ルーファス様は一瞬思案して、

「うーん、やっぱり……妻の里というのは疲れるものだから、ピア、甘えさせて？」

「超人《ちょうじん》ルーファス様でも？　そういうことでしたら、えっと、肩を貸しましょうか？」

「いや、私にも膝を貸して？」

　ルーファス様は窮屈そうに体を倒《たお》し、私の膝《ひざ》を枕《まくら》にした。そして私の左手を手繰《たぐ》り寄せ、誓《ちか》いの指輪にキスをして、甲《こう》を握り込む。

「全く。結婚してもこんな茶番に巻き込まれるとは……ピア、何があろうと決して離さないから」

　ルーファス様を信じているのに、自国の王妃と友好国の王女相手ということで、不安は日々波のように押し寄せていた。そして自分の侯爵家の人間としての力不足を痛感し、すっかり弱気になっていた。それをやはり見抜《みぬ》かれていた。

　……もっと頑張ろう。自信をもってルーファス様の隣に立っていられるように。幸いにお義母様《かあさま》や母、祖母やアメリア様、教えを請《こ》える人は周りに何人もいる。それが弱気な私には難しく、亀《かめ》の歩みとなっても、一歩一歩着実に進もう。

「はい。安心しました。私のために、戦ってくれてありがとうございます」

「礼はいらないよ。夫婦だからね」

昨年、私が都度都度強調していた言葉で返された。

「はい、夫婦ですものね」

指先を動かして、きちん手を繋ぎなおし、空いている右手でアッシュブロンドの髪《かみ》を梳《す》く。心地よい沈黙《ちんもく》にまどろみながら、二人の家に帰った。

第六章　アメリアと答え合わせ

「アメリア様、先日は大変お世話になりました」

「ピア、私もピアと呼ぶからアメリアと呼び捨てにしてほしいと言いましたでしょう？　エリンもピアも、私だけ親しく呼んでくれなくてのけ者の気分だわ……」

「あ、あ、あ、アメリア？」

「なあに、ピア」

　一年後、エドワード王太子殿下《でんか》がアカデミーを卒業次第《しだい》、王太子妃《ひ》になり、数十年先には王妃《おうひ》になるお方を呼び捨てにするのは、チキンの私にはハードルが高く、一度呼ぶだけで、清水《きよみず》の舞台《ぶたい》から飛び降りる心境だ。

　アメリア様――アメリアは表向きは友人として、その実、王家のメッセンジャーとして、本日私の研究室を訪ねてくれた。ゆえにお忍《しの》びらしく、チョコレート色のシンプルなワンピース姿だ。

　もしアメリアの訪問がバレてしまったら、アンジェラはじめ、熱烈《ねつれつ》なアメリアファンの在校生たちが、大勢ここに押しかけるだろう。

「ところでピア、ロックウェル前伯爵夫人《はくしゃくふじん》とルーファス様、無事打ち解けたようね」

私は目を丸くする。

「な、なぜそれを？」

「ふふ、昨日久しぶりに公務でお会いしたルーファス様に、労《ねぎら》いの言葉をおかけしたら、王女は面倒《めんどう》だったけれど、得るものもあったとおっしゃっていたから、フィルと一緒《いっしょ》に推測したの。当たったみたいね」

恐るべし、お茶会初期メンバーよ……。

「ロックウェル領との過去のいきさつは、私は正直なところ不勉強だったのだけれど、王太子殿下もフィルも、きちんと陛下から申し送りを受けているわ。決してなかったことにしようとは思っていないの。これ以上のことを言えないのがもどかしくもあるんだけれど」

アメリアもロックウェル伯爵家の過去を知ろうとしてくださったのだ。

「アメリア……お心遣《こころづか》い感謝します。そう言っていただけるだけで十分です」

「そして私も、王太子殿下も、フィルも、万が一今後スタン侯爵家《こうしゃくけ》と政策上で対立することがあったとしても、ルーファス様とピアとは生涯《しょうがい》友人でいたいと思ってる。ピアは私の親友ですしね」

「ありがとう……ございます！」

こんなに賢《かしこ》く美しいお方が親友にと望んでくださるなんて、夢のようだ。

「では……本日の要件だけれど、あの騒動《そうどう》がどう着地したのか、ピアは一番の被害者《ひがいしゃ》だから、正式な使者に説明させるべきだと、陛下がおっしゃったの」

「ありがたきご配慮《はいりょ》です。謹《つつし》んで承《うけたまわ》ります」

私は一度立ち上がり、臣下の礼を取り、座りなおした。

「まず、昨年の第一王子殺害未遂《みすい》事件ですが、被害者であるフィリップ殿下の身内である王家と、加害者であるローレン元医療《いりょう》師団長、そしてグレーだった医療師団の人間を除いて集められた第三者委員会による調査結果報告書が提出されました」

ガイ博士が委員長のやつだ。

「王妃殿下及《でんかおよ》び医療師団の組織的関与《かんよ》の証拠《しょうこ》は見つからず、よって、メリーク帝国《ていこく》の間諜《かんちょう》だったマイケル・ローレン、ジェレミー・ローレン、マルガリータ・ローレンの犯行であると断定。また、他にも関係者がいると推測されるので、引き続き捜査《そうさ》機関に調査を依頼《いらい》、ということです」

他の関係者とは名指ししないまでもベアード子爵《ししゃく》に間違《まちが》いないだろう。

前回はラムゼー男爵《だんしゃく》とキャロラインと自身の父親を、今回はローレン一家を隠《かく》れ蓑《みの》に、毎度上手《うま》く逃《に》げおおせているように見えてならない。

「この調査結果を受け、王家は王妃殿下の関与はなかったものの、周囲に逆らえぬ状況《じょうきょう》を作り、第一王子殿下の治療《ちりょう》を独断でローレン元医療師団長一人態勢にしたことは、軽《けい》率《そつ》で考えが足りなかったとして、今年度、王妃殿下の経費枠《わく》を二割削減《さくげん》することになりました」

その懲戒《ちょうかい》処分が重いのか軽いのか、私にはよくわからない。きっとなあなあにしなかった、ということが重要だったに違《ちが》いない。

「そして、ここからは内密の話です。パスマのイリマ王女殿下は数年前、フィリップ殿下の供としてパスマを親善訪問したルーファス様に一目ぼれしました。しかし調べてみれば既《すで》に自国の伯爵令嬢《はくしゃくれいじょう》と婚約《こんやく》しており、パスマ国王は縁《えん》がなかったと諦《あきら》めるように諭《さと》したそうです。そして一昨年、我が国の立太子の儀《ぎ》に来賓《らいひん》としてやってきて、ルーファス様に一度だけエスコートしてほしいとパスマ国王にお願いし、そのくらいならば、と我が国王陛下も応じました」

王女の行動としてどうかはわからないけれど、初めて恋《こい》をした少女と思えば、ここまでは納得《なっとく》できる範疇《はんちゅう》の話だ。

「ルーファス様との一度のダンス。それで全ては終わるはずでした。しかし、イリマ王女は想《おも》い人とのダンスを忘れることができず、毎日泣き暮らしていたそうです。そして昨年、滞在《たいざい》中優《やさ》しく接待してくれた、同じ女性王族である我が国の王妃殿下に手紙を送ったそうです。もし、私の恋心《こいごころ》を不憫《ふびん》に思ってくれるならば、ルーファス様の絵姿を、自分に送ってほしい。くれぐれも内密に、と」

「内密に……」

これで、誰《だれ》からもチェックが入らない、王妃と王女の秘密のホットラインが繋《つな》がってしまったのだ。

「でも、なんで王妃殿下を頼《たよ》ったのでしょう？　王女殿下の滞在中、一番お世話をしていたのはアメリアだったでしょう？」

「私はまだ王族ではないから、王女の信頼《しんらい》に足る人間の条件を満たさなかったようよ」

同格でないと、お願いしたくなかったのだろうか？　凡人《ぼんじん》には共感しにくい。

「そして秘密の文通がはじまり、臣下を離婚《りこん》させることくらい自分には容易《たやす》い、イリマ王女のように美しい女性に心を寄せられて、好きにならない男などいない。そもそもただの地味な伯爵令嬢との政略結婚《けっこん》で、噂《うわさ》では二人の間には義務しかなく、高貴な王女が思いやる必要などない。我が国に留学してみてはどうか？　そばにいたほうが早く愛が育つだろう。ところで、立太子の儀の時につけていた黒真珠《しんじゅ》、とても見事だったわ。という言葉に乗せられて、王女はアージュベールにやってきたの」

ほぼ予想どおりとはいえ、聞いて気分のいいものじゃない。

「それにしても、手紙の内容が随分詳《ずいぶんくわ》しいですね」

「だって、王女殿下、全部大事に取っていらしたもの。パスマ王国にしても、自国の王女が他国の大貴族にケンカを売ったと知り、水面下で大騒《おおさわ》ぎだったわけ。それで、少しでもダメージが少なくなるように、あちらの王宮の王女の部屋を捜索《そうさく》して手紙を回収したそうよ。そして『うちの王女も悪かったが、唆《そそのか》したのはお前の国の王妃だ』と一部しか非を認めていない状態——という現状です」

確かに、素敵《すてき》な王妃様からいただいたお手紙を燃やしたりしないだろう。その内容が危《あや》ういとも知らないのならなおさら。

「両国の不始末の割合はさておき、スタン家へは非公式なものだけれども誠意を見せているところよ。パスマがどのへんまで詰《つ》めているかは私の耳には入っていないけれど、アージュベール王家としては、スタン侯爵領のこの先五年分の税負担のうち四分の一を王家が内密に担《にな》うことで、着地になりそうね」

「さすが……」

スタン侯爵家の扱《あつか》う数字は大きい。日々の帳簿《ちょうぼ》にすらゼロが九個並ぶのだ。そんなスタン家の納税を四分の一肩代《かたが》わりという言葉を引き出すなんて、そんな交渉《こうしょう》上手は一体誰だろう?

「そして全く同様の誠意をロックウェル伯爵領にも示す予定です。私が陛下の気持ちを慮《おもんぱか》るなんておこがましいけれど、陛下はピアとロックウェル伯爵からの信頼を失うことを、とても恐《おそ》れていらっしゃるわ」

「父の信頼ですか？」

疑問に思い、首を傾《かし》げる。

「おそらく伯爵はピアに似ているのではなくて？　真面目で周囲に流されず、自分にできることで国に貢献《こうけん》しようと一途《いちず》で、陛下に控《ひか》えめな尊敬の念を示し、ひっそりと支えてくれている。そういう裏表がない方に諦められると、胸にぽっかり穴が空いた気持ちに、きっとなってしまうのよ」

「陛下が父をそこまで買ってくださっていたとは……」

不思議な感じがするが、貴族も王族も知り尽《し》くしているアメリアの言うことに、間違いはないだろう。

「そしてパスマ王国も今後を見越《みこ》して、ロックウェル伯爵に親書を送ったみたい。ロックウェル領はとても立派な灌漑《かんがい》設備があるんですってね」

「設備は整っているかもしれませんが、まだ産業が発展途上《とじょう》なので赤字です。でもアメリア、人が押しかけても困りますのでこの件はいましばらくご内密に」

「そのへんはルーファス様がきちんと見てくださっているわよ。パスマの親書の件も、そのうちピアのお父様からルーファス様に相談が行くと思うけれど、困るようなことが書いてあれば、王家に話を上げてちょうだい」

「はい」

と返事しつつ、ルーファス様が対処できないことなどないだろう。とりあえず父に早速《さっそく》連絡《れんらく》を取らなければ。

「そういえば、ピアとルーファス様の不仲の噂ね、あのベアード子爵が王妃殿下のお茶会で、しきりに話していたそうよ。『お互《たが》いに不幸でかわいそうなことだ』と」

思わず、目を見開いて息を呑《の》んだ。

「アメリア……それは確かですか？」

「ええ。そんな噂が流れていると遅《おそ》まきながら知って、配下に調べさせたの。私の母は今社交に出るのを控えているけれど、仲の良い夫人たちが進んで代わりにあちこち顔を出してくれるのです。『キツネ狩《が》り』とか、王妃殿下の仲良しの皆様《みなさま》だけのお茶会とか？」

そう言って、アメリアは艶《あで》やかに微笑《ほほえ》んだ。

これがキース侯爵家……というよりキース侯爵夫人《こうしゃくふじん》の力の片鱗《へんりん》だ。おそらくお義母様《かあさま》と同じタイプの方だ。

侯爵夫人という立場の方の密《ひそ》やかな活動を垣間見《かいま》て、改めてプレッシャーがのしかかったが、とりあえず聞きたいことを優先する。

「それが浸透《しんとう》し、王妃様の耳にも入り、パスマにまで流れていったのですね。一体どうして……」

アメリアは微笑みを崩《くず》さなかったけれど、目を細め、ギラリと光らせた。

「あの時一緒にいたピアだから言うけれど、私はあの隠し部屋で見守った事件の時から、ベアード子爵を要注意人物と見なしています。今回噂を流した理由はわからないけど、ますます疑念が深まったわね」

あの時のアメリアのやるせない表情を思い出し、無理もないと思う。はっきりと頷《うなず》いて、私も同じ気持ちだと伝える。

「このこと、ルーファス様に報告しても構いませんか？」

「どうぞ。これしきでルーファス様への借りを返せたとは思っていませんともお伝えしておいて」

アメリアはそう茶目っ気たっぷりに言ったあと、気づかわしげな表情になった。

「あとは……イリマ王女の話、聞きたい？」

「もちろん聞きたいです」

「あんな目に遭《あ》ったのに、寛大《かんだい》ね」

「寛大ではありません……。特にあのお茶会はとても怖《こわ》かった……」

王女の言葉はさながらマシンガンのようで、正確に、何度も何度も私の急所を撃《う》ち抜《ぬ》いた。また国外で一人で生きることを覚悟《かくご》をするほどに思いつめた。

「でも、王妃様に恋心を利用されて騙《だま》されたことが発端《ほったん》と知り、だとしたら、お気の毒で……。絶対に騙すほうが悪くて、騙されたほうが悪いことなんて一つもないのに、きっと王女殿下は今頃《いまごろ》、ご自分を責めてらっしゃいます。なんで騙されてしまったの？　なんて自分はバカなの？　私のせいでみんなに迷惑《めいわく》をかけてしまった、と」

前世の私がそうだった。なんで彼氏《かれし》の二股《ふたまた》に気がつかなかったのか？　なぜ、論文を提出する時にもう一度チェックしなかったのか？　自分を責めて責めて責めて……。プライドの高い王族ならば、なおさらだ。

「……イリマ王女はね、これまで我が王宮の一室からアカデミーに通われていたんだけれど、数日前にアカデミーの寄宿舎に移られたの。一番アカデミーに近いところで、勉強に集中すると。早く必要な知識を身につけて、ロックウェル領を訪《おとず》れるチャンスを得たい、と」

「……よかった」

この調子であれば、再びロックウェル領を訪れた時、すんなり受け入れられるはずだ。ロックウェルは自ら学ぶ者には無条件で門戸を開く。そんなことしてるから、うちは万年貧乏《びんぼう》なんだけれど。

「アメリア、ご足労いただきありがとうございました。これで気持ちが切《き》り替《か》えられます」

「あ、最後に、陛下からピアに渡《わた》すようにって」

アメリア様の侍女《じじょ》から差し出された小箱には、手紙がついていた。『可愛《かわい》いピアへ、気に入ってもらえるかな?』と書いてあった。

陛下は立場上謝ることなどできない。ましてそれを紙に残すなどありえない。この言葉が私に伝えられる精一杯《せいいっぱい》なのだ。

「何かしら。陛下と言えば、お菓子《かし》かな?」

白い蓋《ふた》を開けると、綿が一面に被《かぶ》せてある。壊《こわ》れやすいもののようだ。

それを慎重《しんちょう》に取り除くと、七色に輝《かがや》くペン先のようなものが入っていた。

「なあに? 綺麗《きれい》だけど、変な形ね」

アメリアの言葉に返事もできず、私は慌《あわ》ててメガネをかけなおし、それを、震《ふる》える指で摘《つ》まみ上げ、じっくりと観察した。どうしよう、思いがけなくて頭がパンクしそう!

「ピア様!」

マイクの声に正気に戻《もど》る。

「聞いてくださいっ! アメリア、マイク、これはずばり、オパライズです!!」

「「おぱらいず?」」

「ベレムナイトというイカの友達が化石になって、さらにオパール化したものなんです! やだアメリア様どうしよう初めて見た。こんな希少なものあっちでも見たことなかったし、すごい、こんな綺麗な状態ありえない一体どこにあったのどこの誰が私より先に発掘《はっくつ》したの!」

「どうしようって……マイクといったかしら？　どうしたらよいのでしょう？」

「アメリア様、ピア様は興奮状態に入りましたので、しばらくほっとくしかありません」

「そう、見守るのも親友の務めなのね。この私が放置されるのも新鮮《しんせん》……新たな発見だわ」


私はジョニーおじさん宛《あて》に、暑苦しいだけのお礼状を長々と書いてアメリアに託《たく》した。

陛下と同じく昨今の事件には何一つ触《ふ》れず、後半は産地を教えろ、私を差し置いて発見した奴《やつ》はどこのどいつだ的な恐喝《きょうかつ》まがいの文章になり、マイクにもっと遠回しにお尋《たず》ねしろと、厳しく添削《てんさく》された。

第七章 ヘンリーの誕生日パーティー

「サラ、知ってる？　こんなに慌《あわ》ただしかったのに、まだ神殿《しんでん》で挙式してから一カ月も経《た》ってないのよ？」

「お疲《つか》れ様《さま》でしたとしか……」

あの荘厳《そうごん》なルスナン山脈の神殿で、ルーファス様と神に誓《ちか》いを立てたのが、もう遥《はる》か彼方《かなた》に感じる。それほどこの数週間は濃密《のうみつ》だった。

立て続けに起こったイレギュラーな事件のせいで、ルーファス様はますます仕事の時間が削《けず》られていた。そのしわ寄せか、昨夜もやはり日付が変わってからの帰宅で、そのあとアメリアから伺《うかが》った話を私が報告し終えれば、もう夜明けも近い時間になってしまった。

朝、目を覚ますと、ルーファス様はとっくに出勤したあとで、お見送りもしなかった自分に若干凹《じゃっかんへこ》みつつ、遅《おそ》い朝食をいただく。

「ピア様は今日一日仕事に出ず、家で静養するように、とのことです」

「なんで？」

「昨夜は格段に遅い就寝《しゅうしん》でしたでしょう？　そしてこの屋敷《やしき》の皆《みな》が、ピア様の食欲が落ちているのに気がついています。さらには精神安定剤《ざい》のようにパティスリー・フジのお菓《か》子《し》ばかり食べていることも」

「うそぅ⁉」

私はサラ、メアリ、マイクを順に見ると、皆しっかり頷《うなず》いた。

「もう心配事は片付いたから、好《す》き嫌《きら》いせず食事を取るようにとの仰《おお》せです。フィリップ殿《でん》下《か》からいただいた植物図鑑《ずかん》を見ながらだらだらお菓子ばかり食べないようにと」

メアリがそう言いながら、スライスしたトマトを追加してきた。

「バレてる……」

私の今後の行動予定も、トマトが若干苦手なことも。ルーファス様、エスパーか？　私はトマトに塩をかけながら、ひとり言のように呟《つぶや》いた。

「もう、何もないといいけれど……というか、そろそろ化石掘《ほ》りたい……」

昨年の早春に河原に行って以来、きちんとした化石採掘《さいくつ》に行っていないのだ。そろそろ禁断症状《きんだんしょうじょう》が現れるに違《ちが》いない。

「そうは言いましても、冬の間は山に入ることをルーファス様はお許しにならないでしょう。春が来るまで辛抱《しんぼう》ですよ」

マイクがそう言って頷いた。私もわかっている。言ってみただけだ。

トマトをようやく食べ終えると、メアリが続けざまにホットミルクを持ってきた。スタン領のミルクは美味《おい》しいからいいけれど。

ちびちびとそれを飲んでいると、執事《しつじ》のチャーリーがトレイに手紙を乗せてやってきた。

「ピア様、本日ピア様ご自身にご確認《かくにん》いただくお手紙はこの一通です」

「いつもありがとう」

チャーリーは最近、私宛《あて》の手紙を事前に振《ふ》り分《わ》けてくれるようになった。

『人のいいピアは手紙で呼び出されて、不憫《ふびん》な話を聞かされたら、すぐ壺《つぼ》とか買っちゃうだろう?』

『……買いませんから!』

という、心配性《しょう》のルーファス様の命令だ。壺なんて絶対に買わないのに失礼なんだから。まあ、新種の化石が見つかったとか書いてあったら、お小遣《こづか》いで買える額なら……ごにょごにょ。

「エリンからだ!」

チャーリーがタイミングよく渡《わた》してくれたペーパーナイフで封《ふう》を切る。中を見れば、私とルーファス様宛に、ヘンリー様の誕生日パーティーのお誘《さそ》いだった。会場はホワイト侯《こう》爵家《しゃくけ》の温室。私たちの嬉《うれ》し恥《は》ずかし最初のダブルデートの場所だ。そういえばヘンリー様は冬生まれだと言っていたっけ。

「えっと……明後日《あさって》? その日しか空いてないからごめんなさい、か。エリンも忙《いそが》しいものね。ヘンリー様も演習で王都にいないことも多いようだし……チャーリー、今日のお昼休みにでも、ルーファス様に参加できるか連絡《れんらく》できる？　激務続きだもの。くれぐれも無理しないように言ってね。ご多忙《たぼう》であれば、私一人で行くから」

「ピア様が出席と決めているのであれば、ルーファス様に連絡を取る必要はないのでは？」

「ええ。ルーファス様がピア様を一人で男性の誕生日会に向かわせるわけがありません」

チャーリーとマイクが勝手に納得《なっとく》して判断した！

「ちょ、ちょっと待って！　男性って、ヘンリー様よ？　私のお友達で、エリンの婚約者《こんやくしゃ》でルーファス様の親友の！」

「ピア様、重要なのは性別です」

「ええっ！」

「はあ、チャーリー、ピア様が納得するように、一応ルーファス様に伺ってくださいますか？」

「まあ、そのほうが早いですね」

昼過ぎに、『夫婦《ふうふ》で参加する』という力強い筆跡《ひっせき》の返信を受け取った。

チラチラと粉雪の舞《ま》うお昼時、ルーファス様とホワイト侯爵邸《こうしゃくてい》に到着《とうちゃく》する。

日頃《ひごろ》から仲の良い者同士のこぢんまりした集まりではあるが、きちんとした招待状が来たことからもわかるように、ホワイト侯爵家の主催《しゅさい》する誕生日パーティーなのだ。

だから、ルーファス様は礼服としても通用するグレーのスーツに銀のクラバット。私はグリーンのシンプルなドレスに、お揃《そろ》いのケープだ。寒い冬の正装には欠かせないものらしい。そして危険はないのでメガネなし。

「スタン侯爵令息夫妻、ようこそいらっしゃいました」

朱色《しゅいろ》――ヘンリー様の髪色《かみ》――の布地の袖口《そでぐち》や襟《えり》に、やはり冬らしくふわふわの白い毛皮があしらわれた、これまでになく大人っぽいドレスを着たエリンが、大勢の使用人を背に主人として出迎《でむか》えてくれた。

ちなみにエリンは公《おおやけ》の場では赤系統のドレスを選ばない。常に王族の瞳《ひとみ》の色であるルビー色のドレスを纏《まと》い、己《おのれ》の立場を知らしめる必要のあるアメリアへの敬意を表すためだ。

今日は――ヘンリー様のお誕生日は――エリンにとって特別なのだ。

私たちもマナーどおりの礼を取り、ルーファス様が挨拶《あいさつ》を返す。

「こちらこそ、お招きいただき光栄です。そして先日は私どもの挙式に参列していただきありがとうございました」

「とっても素晴《すば》らしい挙式で感動いたしました。さあ、温室が暖かいです。早速《さっそく》参りましょう。サラとマイクは控室《ひかえしつ》でくつろいでいらして。ああ、プレゼントはこちらでお預かりするわね」

すっかりエリンと顔なじみの二人は、エリンに深々と頭を下げて、ホワイト家の執事についていった。

「ホワイト侯爵はご在宅ですか？」

「いえ、『キツネ狩《が》り』も終わりましたし、領地の様子を見に行きました。ご夫妻にはくれぐれもよろしくと申しておりました」

「ああ、侯爵とは狩《か》りの前に挨拶だけさせていただきました」

「まあ。私も直《じか》に、ロックウェル領にて氷菓《ひょうか》の出張販売《はんばい》の許可をくださったことへのお礼を申し上げたかったのですが」

「もちろん父も快諾《かいだく》しておりました。スタン侯爵家、ロックウェル伯爵《はくしゃく》家、そしてコックス伯爵家とは末永くお付き合いしていきたいですもの」

ルーファス様の肘《ひじ》に手をかけて、先導するエリンと三人他人行儀《たにんぎょうぎ》な会話をしながら、ホワイト家ご自慢《じまん》の温室に辿《たど》り着《つ》く。

相変わらず花や果物で色彩豊《しきさい》かな空間で、くちなしの花のような香りが漂《ただよ》っている。ケープを脱《ぬ》いでもいいくらいの暖かさだ……ケープ含《ふく》めてのファッションだから脱いじゃダメとメアリに言われているけれど。

前回の簡易的なテーブルセットではなく、重厚《じゅうこう》なソファーとローテーブルが運び込まれていて、そこにヘンリー様は既《すで》に着席されていた。

ヘンリー様は本日の主役なので、黒の礼服に蝶《ちょう》ネクタイ姿でビシッと決まっている。しかし私たちを見つけると、目を縦に大きく見開いて、胸の前で小さく手を振ってくれた。

ブレないヘンリー様が大好きだ。

「あ、エリン様、持参したプレゼントは食べ物なのです。よろしければ最初だけでもテーブルの上に置かせていただいていいですか？」

「もちろんです」

エリンが使用人に指図して、ヘンリー様の前に置く。その間に私たちも着席する。お誕生日席はなく、前回同様カップルで隣《とな》り合《あ》い、相手と向かい合う配席だ。

ヘンリー様の正面のルーファス様が立ち上がり、プレゼントの蓋《ふた》を持ち上げた。

もちろんそこにあったのは、カイル特製バースデーケーキだ。このパーティーに出席の返事を出すと同時にカイルに注文し、来がけに受け取ってきたのだ。

カイルの気合が伝わってくる迫力《はくりょく》あるケーキで、エリンのお店のフルーツが芸術的な飾《かざ》り切りをされて載《の》っており、スポンジの土台は正直おまけだ。ヘンリー様のフルーツ好きは聞いているし、焼き菓子にはトラウマがあるかもしれないと思ったのだ。

「まあ！　先日のウエディングケーキも美しくて美味しかったけれど、このケーキも……とってもヘンリー様と私らしいわ」

「うん。すばらしい」

ヘンリー様、今日はとてもカタコトだ。

「このケーキに歳《とし》の数だけロウソクを立てて、誕生日のご当人に火を吹《ふ》き消《け》してもらうと、その一年健康で過ごせるそうです。では失礼して……ピアも手伝って」

「はい」

いつの間にかロウソクイベントは厄払《やくはら》いみたいな解釈《かいしゃく》になってるな……と思いながら、私はフルーツの隙間《すきま》にロウソクを差し、ルーファス様がそれに手際《てぎわ》よくマッチで火をつけていく。私たちの共同作業で、あっという間に十九本のロウソクが灯《とも》った。

「綺麗《きれい》……」

「面白いな！」

エリンもヘンリー様も木漏《こも》れ日《び》の下でキラキラと輝《かがや》く、ちょっと幻想的《げんそうてき》になったケーキに目が釘付《くぎづ》けだ。

「ええと、私、この儀式《ぎしき》を知らないから、ルーファス様に開会の言葉、お任せしていいかしら？」

「驚《おどろ》くほど簡単です。エリン嬢《じょう》はピアに合わせてください。それでは、ヘンリー・コックス伯爵令息、お誕生日おめでとうございます！」

私はエリンに合図を出して、

「『おめでとうございます！』」

「さあ！」

ヘンリー様が目を輝かせて息をスゥっと吸い込み、一気に火を吹き消した。

私たち三人と、使用人の皆様《みなさま》の盛大《せいだい》な拍手《はくしゅ》に包まれた。ヘンリー様は照れくさそうにニカッと笑った。

「ルーファス様、ピア様、ありがとうございました。ケーキは一旦《いったん》お下げしてデザートの時に切り分けますね。では料理をお出ししてちょうだい」

テーブルの上に、贅《ぜい》を尽《つ》くした料理と飲み物が並べられると、エリンは使用人たちを皆下げた。

「はーい！　お上品タイム終了《しゅうりょう》です。三人共、お疲れ様でした！」

「やっと喋《しゃべ》れる〜」

ヘンリー様が両手を突《つ》き上《あ》げ「うーん」と伸《の》びをした。そういえばヘンリー様、口数が

少なかったようだな。

「ボロを出さないように、口をつぐんでたのか？　ヘンリーにしてはいい判断だ。それにしてもホワイト邸で誕生日会をしてもらえるとは、ようやく侯爵の怒《いか》りが解けたのか？」

「いやいや……本当に許してもらえたなら、誰《だれ》もがお近づきになりたい筆頭侯爵家の次代夫婦が来るのに領地に戻《もど》らないだろ。まだまだ試用期間中だよ」

「もうっ！　父は本当に、領地の執事からの早馬に呼び出されたんだってば！」

エリンが困ったように眉尻《まゆじり》を下げた。ヘンリー様はホワイト侯爵に認められるように懸《けん》命《めい》に努力を続けていて、エリンはとっくに許している。二人の間の空気は甘く、優《やさ》しい。

「エリン、主人役完璧《かんぺき》だったよ！　いつコックス伯爵《はくしゃく》夫人《ふじん》になっても大丈夫《だいじょうぶ》！」

ヘンリー様はお母様が既に他界している。だからエリンは結婚《けっこん》したら早速伯爵夫人、領主夫人の役割を担《にな》うのだ。エリンは本当によく頑張《がんば》っている。

「そう？　スタン侯爵夫人に揉《も》まれているピアにそう言ってもらえると、自信になるわ」

そうか。エリンはお母様が不在がちだから、夫人としてのふるまいをマナー講師以外に尋《たず》ねられる人がいないのだ。

ああ……エリンもヘンリー様と結婚後、伯爵夫人としての務めをこなしていけるか、不安に思っているのだ。私と一緒《いっしょ》だ。

「作法はマナー講師の先生でばっちりだろうけど、困った実体験を聞いてみたいとか、個別のお客様の苦手な食べ物とか質問があれば、うちの母でも、スタンのお義母様《かあさま》でも前もって連絡してくれたら、きっと時間を作ってもらえるよ。ねえ、ルーファス様」

「エリンは……なるほど。母に伝えておく。遠慮《えんりょ》しないでいい。私がまだ幼い頃《ころ》、ヘンリーのお母上はヘンリーと一緒に何度か我が屋敷に訪問してくれていた。何かエリンの役に立つことを覚えているかもしれない」

　エリンが真剣《しんけん》な表情でルーファス様に頭を下げる。

「どうぞよろしくお願いします！　日時はもちろん侯爵夫人に合わせますので！　ルーファス様から見て、コックス伯爵夫人はどんなお方だったのですか？　私、お会いしたのは婚約を結んだ時一度きりで、幼すぎてお美しかったことしか覚えていなくて。ヘンリーに聞いても、『いっぱい食べてた』とか『剣《けん》の腕《うで》はそろそろ俺が追《お》い越《こ》したと思う！』とか、お人柄《ひとがら》がよかったのは伝わるのですが……」

　そう言ってエリンはヘンリー様を睨《にら》みつけた。

「数回会った感じでは、ヘンリーのお母上はなんというか……武闘《ぶとう》派だったぞ。よその家を訪問中なのに騎士《きし》団長を叱《しか》りつけていたし、いたずらばかりするヘンリーに、ゲンコツかましてたな。ヘンリーは毎回泣いてうるさかった」

「まあ、そうなの？」

「あー、ルーファス、そーゆー余計なことバラしちゃう？　俺もピアちゃんに、ルーファスのちっちゃい頃のこと、バラしちゃうけど？」

「バラされて困ることなど、何一つない」

「まじか……」

男性たちはそのまま思い出話に入ったので、私はエリンに顔を寄せ、ルーファス様を好きでこの国に乗り込んできたパスマの王女が、ようやく納得して諦《あきら》めてくれたこと、それに晩白柚《ばんぺいゆ》が一役買ったことを伝えた。

「エリンがジャンボミカンを大事に栽培《さいばい》してくれてることが伝わったから、王女様の態度が軟化《なんか》したんだと思うの。エリン、ありがとう！」

二人で頭上を見上げると、今日も黄緑色のジャンボミカン――正式名称《めいしょう》マレダリ――はたわわに実っていた。

「ピアの役に立ったなら、こんなに嬉しいことはないわ。マレダリを通してパスマと縁《えん》を繋《つな》いで、今後の商売に活《い》かすこともできそうだし、最近ニョキニョキ現れた同業者との差別化にもなるし。そういえば、もう『バンペイユ』って呼んでもいいわよ。国内ではその名称で商標登録したから」

「え？　私、口に出してた？」

だとしたら私ってば迂闊《うかつ》すぎる。

「自覚なしだったの？『バンペイユはルーファス様が好き』だの『バンペイユの香りは

ルーファス様のコロンに似てる』だの、散々のろけてたじゃない」

「の、のろけてないもんっ！」

「でも話を戻すけれど、噂《うわさ》を聞いた時、本当に驚いたわ。つい先日結婚式《けっこんしき》を挙げて幸せオーラ全開のピアとルーファス様を見たばかりなのに、まさか王妃殿下《おうひでんか》の差し金でパスマの王女とルーファス様を結婚させるために離婚騒動《りこんそうどう》なんて」

エリンはほぼ正確に、私の状況《じょうきょう》を把握《はあく》していた。

「エリン、どうして知ってるの？　大っぴらにはしてないはずなのに」

「まあ、腐《くさ》っても侯爵家だからね。国内の情報はきちんと手に入れてる。少なくとも侯爵家は把握してるでしょうし、ヘンリーもとても気を揉んでいたわ。『自分たちのように第三者の悪意によって引《ひ》き離《はな》されたらどうしよう』って。ルーファス様がいかに辣腕《らつわん》でも、相手が悪かったり、例の毒のようなものを使われたら、どうしようもないでしょう？」

私は黙《だま》って頷いた。アメリア様のキース家は当然ご存じだろうし、ニコルソン家はガイ博士が、私が王女に呼び出される現場にいたのだ。知ってて当然だ。

「もちろん知らない貴族が多数を占《し》めるわ。でも『キツネ狩り』の陛下の宣言で、その情報を仕入れていなくても、冷静に言葉の裏を読むことができる人間ならば、王妃殿下がとうとう陛下が庇《かば》えないほどの何かをしでかしたんだな、と勘《かん》づいたでしょう」

「そう……何かスタン侯爵家に不利益な噂も流れてる？」

「高位貴族に悪い噂が立たないわけがないでしょう？　うちもルーファス様のところもとっくにあることないこと噂まみれよ。ピアの耳に入ってないことが逆にびっくりだわ」

「えええ〜！」

衝撃《しょうげき》の事実発覚に、私にとっての常識がガラガラと崩《くず》れていく……。

「逆に言えば、噂ぐらいで屋台骨が揺《ゆ》らぐようであれば、侯爵家なんて存続できないの。悪質なものは、元凶《げんきょう》をそっくり潰《つぶ》すだけ」

「そんなこと、お義母様に習ってない」

「え？　一番肝心《かんじん》なところでしょうに……って、でも、知ったところで、弱気なピアには何もできないから、言わなかったんでしょうね」

「エリン、どうしよう、私、全くスタン家の役に立ってないの！　頑張ろうと思ってるのに……」

そう言って私が縋《すが》ると、エリンは顎《あご》に人差し指を当てて考えてくれた。

「……そうだ！　ルーファス様がピアの分も活躍《かつやく》してくださってるわけでしょう？　そういう時、夫婦ならば相手に毎日ニッコリ笑っていつも助けてくれてありがとうって気持ちを込《こ》めて、頬《ほお》にキスをすると聞いたことがあるようなないような気がするわ。そうすればルーファス様も絶対やる気がみなぎるに決まってる。ピア、それでいきなさい」

「そう……なの？」

本当かしら……と思ってルーファス様を見ると、意外にもヘンリー様と二人、ひじ掛けに頬杖《ほおづえ》をついて真剣な話の最中だった。

ヘンリー様は、ルーファス様に相槌《あいづち》を打ちながら、パクパクとサンドイッチを食べている。サンドイッチだけを！　そしてエリンが会話の邪魔《じゃま》にならないように、ヘンリー様のお皿にサンドイッチを追加して……なぜか完璧な料理が並ぶ中、サンドイッチのいびつさが目についた。これに似たものをどこかで……。

ああ、そういうことか。

サンドイッチはエリンからヘンリー様への誕生日プレゼントの一つなのだ。それに気づいた瞬間《しゅんかん》、胸に迫《せま》るものがあった。

アカデミーの中庭で、エリンとヘンリー様が稽古《けいこ》をするのを眺《なが》めたり、三人で一緒にランチしていた時のことが、一瞬《いっしゅん》でよみがえる。二人はすっかりあの時のように、いえあの時よりももっと仲睦《むつ》まじくなった。本当によかった。

エリンと二人、耳をそばだてると、内容はメリークと我が国の情勢についてだった。

メリークは今のところ目立った動きをしていないこと、お互《たが》いの父親である騎士団長も宰相《さいしょう》も万が一に備え、実質戦時下の体勢を取り、準備万全《ばんぜん》とのことだ。

私とエリンは口を引き結び、食事に戻る。ふと、エリンのフォークを握《にぎ》る手に光るシンプルな指輪が目についた。

「エリン、指輪なんて珍《めずら》しいね」

予備役《えき》の兵士でもあるエリンは、普段《ふだん》、手の周りにアクセサリーをつけない。何気ない私の一言に、エリンは頬を赤くした。

「じ、実はね、私たち夏に結婚予定でしょう？　で、長らく婚約者だったけど、一度婚約解消も同然の時期があったから、仕切りなおしの意味を込めて、もう一度、両家揃って婚約を交《か》わしたの。その時、ヘンリーがつけてくれって……」

ちょっと驚いてヘンリー様の手を見ると、エリンと同じ指に、同じ指輪がはまっていた。

そうか、これならば二人が剣を振る時に邪魔にならない。ヘンリー様らしい指輪だ。

「おめでとう、エリン。夏の結婚式はやっぱりコックス伯爵領で？　楽しみにしてる」

「ピアが楽しみなのは、コックス領の地形を見ることでしょう？　でも、ピアになら領を晒《さら》してもいいって騎士団長も言ってらしたわ。その時は是非《ぜひ》しばらく逗留《とうりゅう》してね」

「いや、私だって常識があるから、しばらくは新婚《しんこん》さんのお邪魔はしないよ～」

今日の笑顔《えがお》から想像もつかないほど、これまで泣いてきたエリン。この夏の結婚式が予定どおり行われることをそっと願う。

そして、この控《ひか》えめで穏《おだ》やかな時間こそ奇跡《きせき》に近く愛《いと》おしいもので、大事にしなければ、と心に留《とど》めた。

楽しい時間はあっという間に過ぎて、招待状の時間どおりに名残惜《なごりお》しくはあったがお暇《いとま》した。馬車を降り、ルーファス様と手を繋いで家に入ると、いつも元気に「おかえりなさいませ」と言ってくれるチャーリーがいない。いや、チャーリーどころか誰も、さっきまで一緒にいたサラとマイクまで消えていた。

「……みんな、どこに行っちゃったんでしょう？」

「全員に明日の朝まで休みを与《あた》えたんだ。もちろん護衛はきちんと配置しているよ」

「お休み？　さすがルーファス様、最高の雇用主《こようぬし》ですね。でもなぜ今日一斉《いっせい》に？」

「我々もようやく落ち着いただろう？　こうして穏やかな時間が取れるうちに、二人だけで過ごしたかったんだ。どうかな？」

見えないところに護衛はいるけれど、限りなく私とルーファス様二人きりということ？　これまでそれが叶《かな》う場所は馬車の中と、就寝の挨拶後の寝室《しんしつ》だけだった。

「もちろん嬉しいです。ああでもどうしよう！　言ってくだされば、二人楽しく過ごせる準備をしていましたのに！」

お菓子とかチーズとかお菓子とかアイスとか。

「ああ、それなら私が準備した。カイルにケーキのついでに特別に食事を作って、箱詰《はこづ》めしてもらったんだ。ピアが気に入るものがあればいいけれど」

「ルーファス様っ！　素敵《すてき》です！」

カイルが私の嫌いなものを入れるわけがない。私は嬉しくて、ちょっと調子に乗った提案をした。

「では、ルーファス様、お行儀《ぎょうぎ》悪いですが、パジャマ……寝間着《ねまき》パーティーにしませんか？」

「なんだそれ？」

「いっぱいだらだらしながらおしゃべりして、そのままバタッと寝《ね》てもいいように、あらかじめ入浴も済ませてリラックスした格好で行うパーティーです」

さっきまでのパーティーとは真逆だ。

「それは堕落《だらく》してるな」

「はい。私と一緒に堕落しましょう！」

「もちろん」

私たちはそれぞれ入浴して、寝間着にガウン姿、髪もそのまま下ろして食堂に入った。

普段、寝間着姿で私室を出るのは禁止されているので、なんだか悪いことをしているみたいだ。

「じゃあピアは皿やグラスを並べて。私は料理を運ぶから」

「はい。ルーファス様は何を飲まれますか？」

「私はウイスキーだけど、ピアはダメだよ。……いや待て？　ああ、ピアには母の果実酒がある。アルコール度数が低いから、あれで乾杯《かんぱい》しよう」

　めったにないお酒のお許しが出た！　ますます特別感が増す。

　カイルのテイクアウト料理は色鮮《あざ》やかなフルーツからボリュームたっぷりのお肉までバランスよく詰《つ》められていて、その箱詰めを載せるだけで私たちの小さなテーブルは、おしゃれなカフェのようになった。

　準備が整い、私たちはいつものように角を挟《はさ》み隣り合って座る。

「じゃあピア、二人きりの寝間着パーティーに乾杯！」

「カンパーイ！」

　フルートグラスをチンッと合わせて久しぶりのお酒を口に含む。スタン領のベリーを漬《つ》け込んだ果実酒は、ガスが入っていて甘いシャンパンのような味だった。

「ルーファス様、取り分けますね」

「うん、ありがとう」

　いかに料理下手の呪《のろ》い持ちであっても、取り分けるくらいできる！　と思ったら、カイルがいろんな総菜を、全て大と小、二つに分けて盛りつけてくれていた。気配りの男め！

苦もなくお皿に並べてそれぞれの前に置き、感想を述べ合いながら、もぐもぐ食べる。

「このお魚のマリネ、酸味が柔《やわ》らかくて美味しい。まさかカイル、お酢《す》まで手作り⁉」

「これは、ブロッコリーとナッツを炒《いた》めてるのか。シンプルで香《こう》ばしいね」

「ところでヘンリー様へのプレゼント、ケーキだけでよかったでしょうか？」

「ヘンリー喜んでいただろう？　それに、下手に残る物を渡すのも好みと外れると迷惑《めいわく》だし、本当に欲《ほ》しいものはエリンが渡すよ」

「ふふふっ、ヘンリー様、サンドイッチばっかり食べてましたね」

「……なるほど。エリンのお手製だったのか」

「ヘンリー様、体調のことはどうおっしゃってましたか？」

「ん……偏頭痛《へんずつう》が残っているそうだ。でもクリスの薬で楽になるって」

「早く完治しますように」

ゆっくり食べたり飲んだりしていると、気づけばお皿は空っぽになっていた。

足取りが少しフワフワするなあ、と思いながら、食器を厨房《ちゅうぼう》に下げ、軽くすすぐ。真冬の水の冷たさで酔《よ》いが醒《さ》めてちょうどいい。そうしていると、ルーファス様がバタバタとやってきた。

「ピア！　まさか食器を洗ってたのか？」

そういえば、今世では洗ったことないんだっけ……。つい楽しくって舞い上がって迂闊なことをした。でも、発掘《はっくつ》道具は毎回ジャブジャブ自分で洗って整備しているし、私ならばギリギリセーフだろう。

「たった二人分ですし、せっかくの二人きりの夜なので、お片付けまで終わらせていたほうが気持ちいいでしょう？　ルーファス様は居間で座っててください」

「……いや、手伝うよ」

ルーファス様は私の隣《となり》に立ち、見よう見まねで私からお皿を受け取ると拭《ふ》いてくれた。

「お夕食、美味しかったですねえ」

「うん、また機会があれば頼《たの》もうか？」

我が家《や》の厨房は家のサイズ同様大きくない。流しで並べば肘がぶつかる。こうしていると、前世で想像していた新婚カップルのようだ。ルーファス様はまた一つ、前世の心残りを叶えてくれた。

全て終わって食堂を出ると、ルーファス様にいつもどおり抱《だ》き上げられた。

「ルーファス様、誰もいないので歩きますよ？」

「例外はないよ。ピアが寝間着姿の時は私が足になる」

そして私たちの部屋に着くと、ルーファス様は私を抱いたままソファーに腰《こし》を下ろした。

「ねえピア、今日は二人きりだから愚痴《ぐち》を言っていいんだよ？　フィルの時は私が聞いてもらった。今回はピアの番だ。吐《は》き出《だ》してごらん。私もピアに頼《たよ》られたいんだ」

そうか……サラたちが控えていたら私が弱音を吐けないと思って、ルーファス様はこの落ち着いたタイミングで、二人だけの時間を作ってくれたのだ。「頼られたい」とまで言ってくれて……ルーファス様の思いやりに、胸が温かくなる。

私は全身の力を抜《ぬ》いて、ルーファス様の肩《かた》に顔を埋《う》めた。

「……イリマ王女のことは、ちょっぴり辛《つら》かったです」

「ごめんね。解決済みと思い込んで初動が遅《おく》れたことを、反省してる」

ルーファス様は私の言葉に耳を傾《かたむ》けながら、私の頭をそっと撫《な》で、毛先を指に絡《から》ませる。

「ルーファス様のことは信じているけど、王家がその気になったら簡単に離婚させられることもわかったし……」

「以前も言ったけど、私とピアを本気で引き離そうとしたら、人であれ、国であれ、全力で潰すから」

「潰す？」

あまりの物騒《ぶっそう》な言葉に顔を上げ、表情の固まった私を見て、ルーファス様は笑いながら私の両頬《りょうほお》をムニムニと揉みほぐし、

「それくらいピアが大事だということだよ」

と言ってくれた。

「私だって大事だもの……。実は、もし、ルーファス様がパスマに行っちゃったら、私も

追いかけようって思ってました。その先のことなんて考えられなかったけど、とにかくルーファス様を捜《さが》して、見つけて、幸せそうじゃなかったら、どうにかしたいって……」

「私を追って？　そうか、死を装《よそお》うのは親族に累《るい》の及《およ》ばぬようにだったか……。嬉しい、ピア」

ルーファス様の頬が少し赤くなった？　と思った瞬間、私の顔は彼の胸に押し込まれた。

「そうそうピア、私が留守中は好きなだけロックウェル領に行ってもいいからね。おばあ様にもお願いしておいたし、うちの護衛の配備も容認《ようにん》してもらった。王都よりも安全だ。危険が迫った時、遠いスタン領に辿り着くことができない可能性もあるからね」

……そういうことだったのか。なぜこのタイミングで祖母に挨拶したいと言い出したのだろうと不思議に思っていた。

なんらかの理由で私とルーファス様が離れて生活する必要に迫られた時、私の心と体の安全を守れる場所を一つでも増やすために、王都のロックウェル邸だけでなく、慣れ親しんだ領地、祖母を訪ねてくれたのだ。

ルーファス様の行動は、何気なく見えても理由がある。今更《いまさら》ながら脱帽《だつぼう》だ。

しかしその密《ひそ》やかで用意周到《しゅうとう》な保険のかけ方に、逆に不安が募《つの》る。目の前のルーファス様のガウンの襟をきゅっと摑《つか》む。

「それは……離ればなれになる可能性があるということですか？」

それも近いうちに？　もう王女の危険は去ったのに？

「ピア、顔を上げて？」

「……嫌《いや》です」

つい数日前、困難には二人で力を合わせ解決しようと確認し合ったばかりなのに、不測の事態を想像するだけで、心臓が縮み上がってしまう私。今回のことで、離れる、ということをより具体的に考えてしまったから、臆病《おくびょう》になったのかもしれない。

堂々とした姿を見せて、「これならスタン侯爵家夫人として恥ずかしくないね」と言われたいのに。きっと弱気MAXな顔をしている。とても見せられない。

すると、突然《とつぜん》わき腹をくすぐられ、「きゃっ！」と体が伸び上がったところに左手で腰をぐっと引き寄せられ、右手で顎を上向きに固定された。

涙目《なみだめ》で驚く私のすぐ前に、ルーファス様のエメラルドグリーンの瞳がある。その瞳の奥に、情けない顔の私が映っている。

「相変わらず私の奥さんは弱気だね。大丈夫。長い人生、たまには別々に過ごす時間もあるだろう。でもピアがどこにいようと私は大至急用事を済ませて迎《むか》えに行くからね。私の帰る場所はピアの腕の中だけだ。それでも不安？」

「頭ではちゃんと理解しています。でも、どれだけ約束してくれても、ルーファス様が無事なのか心配でたまらないし、寂《さび》しいに決まっているもの……」

ルーファス様の想定は離婚なんて物騒なものではなく、危険を回避《かいひ》するために私を信頼《しんらい》できる安全な場所に移すというだけだ。でも、私が安全な場所にいる時、彼に何かあったら？　想像するだけで血の気が引く。

「私がいないと寂しいか……そんな損得のないただの感情を私にぶつけてくれるのはピアだけだ。いっそピアを連れ回そうかな？」

そんなこと、現実的でないことくらいお互いにわかっている。これ以上ルーファス様を困らせるわけにはいかない。ちゃんと我慢《がまん》できることを伝えておかないと。

「冗談《じょうだん》です。もしもの場合はきちんと言いつけに従うので、心配しないでください」

そう言ってちゃんと笑ってみせたのに、ルーファス様はコンッと頭《ず》突《つ》きした。

「痛い……」

「相変わらず嘘《うそ》が下手だね、ピアは。よくわかった。ピアが悲しい顔をしないで済むような政治を心がけるよ」

「い、いえ、是非私なんかに左右されず、いつもどおりのルーファス様の民《たみ》のための政《まつりごと》をなさってください。うっかりわがままを口にしてごめんなさい！　本当に私は大丈夫……」

その先の言葉は、ルーファス様の唇《くちびる》に塞《ふさ》がれて、続けられなかった。

私が何を話すつもりだったのかもわからなくなった頃にようやく、頭の後ろを押さえ込まれた腕が緩《ゆる》み、顔がわずかばかり離れる。

「私のほうがピアよりもうんとわがままだよ。離れれば寂しいし、こうして腕の中に閉じ込めていないと不安だ。本当はずっとこのまま抱きしめていたいと思っている」

「ずっと……こうして引っついているのですか？　お、おばあさんになっても？」

「うん。私は早く前線から退いて、おばあさん化石博士になったピアの弟子《でし》のじいさんになりたい」

ルーファス様がそう言いながら、高い鼻を私の鼻にくっつける。

「ルーファス様が私の弟子ですか？」

歳を取った私たちが、サラやマイクやたくさんの犬たちと一緒に、ルスナン山脈の採掘現場に向けて歩いている姿が目に浮《う》かんだ。私はよぼよぼだけれど、ルーファス様は歳を取ってもイケメンだった。

ルーファス様は実現できないことを口にしない。つまりおじいさんになっても私と共に……生きてくれるのだ。

自然と口元がほころんだ。すると目尻《めじり》に溜《た》まっていた涙《なみだ》を親指で拭《ぬぐ》われた。

「ようやく本当に笑ったね……もう、可愛《かわい》すぎてもどかしい。ピア、ちょっと遅くなったけど、この賢《かしこ》い頭のてっぺんから、可愛いつま先まで、私のものにするよ」

私が息を呑《の》むうちに、いつもと同じく丁寧《ていねい》に抱き上げられ、ベッドに一緒に横になる。

向かい合って毎夜のように緩く抱きしめられたと思ったら、優しく体を回されベッドに押しつけられた。

「捕《つか》まえた……ピアを私に全部ちょうだい？」

ああ、やはり今日なのだ。覚悟《かくご》はしていたけれど、どきどきと動悸《どうき》が始まる。覆《おお》いかぶさったルーファス様が私の耳に口を寄せる。

「待てないんだ」

ルーファス様のかすれた声が脳に響《ひび》く。もちろん……焦《じ》らすつもりなんてない。

私は小さく頷いて、囁《ささや》き返す。

「とっくに……ルーファス様のものですのに」

キャロラインに奪《うば》われると思っていた頃も、どんなに好きになっちゃダメだと気持ちを押し殺《ころ》しても、昨日より今日のほうが何倍も好きになってて、全部無駄《むだ》な努力だった。

「私のほうが、絶対ルーファス様を好きです……」

「ピア……」

こめかみにキスを落としながら、ルーファス様の手が、私のガウンの紐《ひも》にかかる。

「ま、待って」

そう言うと、ルーファス様は腕を伸ばして体を起こし、真剣な表情のまま右眉《まゆ》だけピクリと上げた。私だって、今日のこの日を一生の思い出に残る完璧なものにしたいのだ。

「あの、私はっ、その、どうすれば……いいですか？」

思い切ってルーファス様の手首を摑み、最後は消え入りそうになりながら精一杯《せいいっぱい》そう尋ねると、彼は虚《きょ》を突かれた顔をしたあと、ゆっくりと目尻を下げ、私の頰を壊れ物《こわもの》のように撫でた。

「ピアはそのままでいてくれればいいよ」

「このまま？」

「そう。その穏やかな薄《うす》灰色の瞳で、ずっと私だけを見て、ずっと私を愛して」

そう言われて、ルーファス様の瞳を覗《のぞ》き込むと、煌々《こうこう》と光る冬の月が反射して、エメラルドグリーンの瞳がキラキラと光っていた。

「綺麗……」

「綺麗か……ピアからの賛辞は裏がないから、ただただ嬉しく少し照れくさい。あの日も、ピアが私の文字を綺麗だと褒《ほ》めてくれた。あの瞬間、私は恋《こい》に落ちた。あの日から私はピアの虜《とりこ》だ」

ルーファス様の指が私の頰から首に滑《すべ》り、鎖骨《さこつ》をなぞる。月が雲に隠《かく》れたのか？　彼のグリーンの瞳が濃《こ》く、熱を帯びたものに変容し　その視線で私を骨抜《ほねぬ》きにした。

「るーふぁすさま……」

「ピアさえいれば、何もいらない」

ルーファス様が自分の黒いガウンを脱ぎ捨てて、前髪《まえがみ》を後ろにかき上げてから天蓋《てんがい》を閉めた。優しい暗闇《くらやみ》が私たちを閉じ込める。

「愛してる」

熱烈《ねつれつ》な告白にたまらず両手を伸ばせば、私の腕がルーファス様の首に巻きつくのと同時に目をぎらつかせたルーファス様に貪欲《どんよく》なキスをされ……。

そこから先は、二人だけの秘密。

翌朝、少し寝坊《ねぼう》して起きると、私たちの小さな家は日常に戻っていた。

ベッドの天蓋は既に足のほうに寄せられていて、サラが「おはようございます」と元気に挨拶し、私たちの部屋のカーテンを開けてくれた。太陽が眩《まぶ》しい。快晴だ。

ヘッドボードに寄りかかって座り、ルーファス様はどこ……とサラに気取られないようにソロソロと周りを窺《うかが》うと、ガチャッとドアが開き、すっかり身支度《みじたく》を終えた彼が入ってきた。

「ピア、起きた？」

そう言うと、ベッドに腰かけてにっこり笑い、いつものように私に一輪の花を手渡《てわた》した。

今日の花は黄色いヒヤシンスだ。確か花言葉は「勝負」と……「あなたとなら幸せ」。

「とっても綺麗……」

ジンとして思わず涙ぐみ、照れくさくて花を持ち上げ顔を隠す。すると青く、爽《さわ》やかな香りが漂う。

「どうしたの？　疲れが出たのならここで食事を取るといい。既婚《きこん》女性の特権だ」

「そ、そんな！　ルーファス様と一緒に食べたい……あ」

ヒヤシンスから上げた顔をルーファス様の両手が包み込み、そっと両頬にキスされた。

「ピア、おはよう」

「……おはようございます。ルーファス様」

朝食を共にしたのち、ルーファス様は颯爽《さっそう》と仕事に向かう。昨日休んだから今日はさぞや忙しいことだろう。

私は昨日エリンから学んだことを、早速勢いをつけて実行する。

「ル、ルーファスさまっ！」

「ん？」

玄関《げんかん》に立つ彼のスーツの襟を軽く引っ張り引き寄せて、えいっと頬にキスをした。

おはようのルーティンのキスとは別の、いつもさりげなく助けてくれて、私の分まで頑

張ってくれてありがとうの気持ちを込めたキス。

「い、いってらっしゃい！　お気をつけて」

そして、はにかみながら笑った。なんとかミッション終了し、一息つく。

すると、ルーファス様はみるみるうちに赤面し、右手で顔を覆った。

「ピア……私だって実のところ昨夜からいっぱいいっぱいだっていうのに……ほんっとにもうっ！　どれだけ我慢しているかこっちの気も知らないでっ。可愛すぎだろ！」

さっと左腕で抱き寄せられ、頭のてっぺんにキスされる。

「ピア、今日は外出禁止だ。そんな熱っぽく潤《うる》んだ顔、誰にも見せるな。いいね？」

彼は赤い顔でしかめっ面《つら》を作り、何度も振り向いて私に確認しながら馬車に乗り込み出発した。

「サラ、私、今日もまたアカデミーお休みかしら？」

「はい。決定です。部屋着に戻ってゆっくりなさっては？」

一度着た制服を脱ぎながら、ルーファス様は過保護だなと思う。頬に触《ふ》れてもやはり平熱だ。でも……照れくさくてふわふわした気持ちなのは確かで、他人に会わないほうがいいかもしれない。

休日モードになった私はたまには研究分野以外の本でも読もうかと思い、主《あるじ》のいない書《しょ》斎《さい》に入った。

　気になる本を手に取りながら奥に進むと、ルーファス様の机の上の既決箱に、他と明らかに馴染《なじ》んでいない黄ばんだ紙が入っているのが目に留まる。どうしても気になって、恐《おそ》る恐る手を伸ばす。

　それは想像どおり、幼い私たちが作った『契約書《けいやくしょ》』だった。

「大事に取っておいてくださったのね……」

　これを書いた時の情景や、その時の気持ち、少年から青年にしなやかに成長していくルーファス様。怯《おび》えながらも惹《ひ》かれずにはいられなかった私の恋心《こいごころ》。さまざまな映像や感情が頭に一気に流れ込み、たまらず静かにしゃがみ込む。

「ああ……」

　そして不意に悟《さと》った。

　あの時の私は前世の失恋《しつれん》や〈マジキャロ〉のせいで、私に向けられる美しい言葉を、そして自分の幸せな未来を信じられなくなっていた。

　そんな頑《かたく》なな私を安心させるために、口約束は嫌だという私のわがままな思いつきに敢《あ》えて乗っかって、紙という目に見える形で契約を交わしただけでなく、ルーファス様はご自身の誠意と決意を示してくれたのだ。

　この、一枚の紙こそが、彼の愛だった。最初の最初から、大きすぎて輪郭《りんかく》がわからないほどの愛がそこにあり、包まれていた。

ポロポロと涙が零《こぼ》れだす。

「ありがとう……ルーファス様……だいすき……ずっとだいすき……」

私はそれを、ぎゅっと胸に抱きしめた。

エピローグ

「ルーファス様、おかえりなさい……え？」

今日は一緒《いっしょ》に夕食が取れると先触《さきぶ》れがあったのでエントランスで出迎《でむか》えると、ルーファス様がなぜか枝を一本持っていた。久々に目が点になった。

「いや、帰りに本邸《ほんてい》に寄ったら、テリーから是非《ぜひ》これをピアにって託《たく》されてね」

そう言って、さすがのルーファス様も苦笑《くしょう》した。

テリーは私たちと同世代の庭師で、スタン領本邸で見習いをしている頃《ころ》からの顔なじみだ。短期で王都のスタン邸《てい》の庭師頭に指導を受けに来ていると聞いていた。気候の違《ちが》うスタン領とは庭木の種類が違うから、学ぶことが多いらしい。

よく見ると、茶色い枝に、先がピンクに色づいた小さな蕾《つぼみ》がチラホラついている。

「これは、桃《もも》ですか？」

「正解。もうすぐ春ですよ、とお伝えくださいって」

「お花で季節を語るなんて、庭師、かっこいいですね」

そう言って、そっと蕾に触《ふ》れる。まだ硬《かた》い。

私がそれをサラに手渡《てわた》しながら大きめの花瓶《かびん》に活《い》けてくれるように頼《たの》むと、彼女は一礼して下がっていった。

「ピアは小さな頃からテリーに甘い顔を見せるよね」

「そのテリーの隣《となり》にはいつも、洗濯《せんたく》係のリサがいたでしょう？」

そのリサも今では本邸のベテラン侍女《じじょ》で、二人は私たちよりも先に結婚《けっこん》している。

「まあね。テリーもリサもピアへの忠誠心が篤《あつ》いから、気に入っているけどね」

それは、ルーファス様が、小さな頃から私をスタン領に連れていき、本邸の皆様《みなさま》と親しくなるチャンスをくれたからだ。

一般的《いっぱんてき》な花嫁《はなよめ》は結婚して初めて相手の領地に行くと思う。知らない土地、知らない人間の中に入り、いきなり完璧《かんぺき》な女主人の役割を求められる。それはどれだけ緊張《きんちょう》することだろう？

十歳のルーファス様は、先々まで読んで行動していたのだと今更《いまさら》気がつく。どんくさい私が失敗しても許してもらえる年齢《ねんれい》から馴染《なじ》ませ、大人になった時の私が困らないように。少し足りないところがあっても、それまでの情で許してもらえるように。

そんなルーファス様や私を温かく迎《むか》え入《い》れてくれたスタン領の皆様を、ほんの少しでも支えられる人間に、いつかなりたい。

「この桃が咲《さ》く頃には、マイクとサラも結婚だな」

婚約者同士《こんやくしゃ》のサラとマイクは、春先に結婚式《けっこんしき》を挙げることになった。エリンたちよりも先だ。ルーファス様の話では、私たちの結婚式を見て焦《あせ》ったらしい——主にマイクが。

「暖かい部屋に活けていたら、桃なんてあっという間に開いてしまいますよ。でも、その頃は次のお花がたくさん咲いて、二人を祝福するはずです」

今のところ、陛下やお義父様《とうさま》たちの尽力《じんりょく》で、メリークとの国家間危機は回避《かいひ》できている。このまま……この何気なくも、優《やさ》しい日々が続きますように。

「何を心配しているの？」

私の心のちょっとした変化も見逃《みのが》さないルーファス様。ひょっとしたらエスパーではなくて霊能者《れいのうしゃ》かもしれない。

「いえ、早く春になって、サラとマイクの結婚式のためにスタン領に戻《もど》って、ついでに発《はっ》掘《くつ》したいなあって」

「そういえばこの数週間、賭《か》けのことなんて忘れていたね。現在進行形の賭けは、私が発展させる温泉街と、ピアが見つけたTレックスの全身標本を展示するミュージアムの、どちらが先に一億ゴールドの経済効果を叩《たた》き出すか、だったよね？」

「あの、ルーファス様？　やっぱり一億ゴールドは……もうちょっと現実的な数字に変更《へんこう》したほうが……」

ここにきて私はこの賭け、若干《じゃっかん》自分に不利なのでは？　と気づいてしまった。

温泉街計画は、既《すで》に温泉があり、宿があり、観光客を取り込むためのレストランその他の建設用地も、ルーファス様が買収した。

でも、私の恐竜《きょうりゅう》ミュージアムは　まだ化石もなく、ミュージアム建設予定地も決まらず、資金も足りない、控《ひか》えめに言ってヤバい。

「あれ？　まさか自信ないの？　他は弱気だけどこと化石に関してだけは自信満々だと思ってたのに……」

「ル、ルーファス様のために提案してあげたんです！　やっぱり問題ありません。このまま続行で大丈夫《だいじょうぶ》ですっ！」

「さすが私のピア！　かっこいいね。でもそのためにはまずTレックスを発掘しないといけないけれど、しばらく私は王都を離《はな》れられそうもない。ピア、一緒にいてくれる？」

「もちろんです」

そう言って私はルーファス様と手をそっと繋《つな》いだ。するとぎゅっと握《にぎ》り返される。

「よかった。私とTレックスの天秤《てんびん》は相変わらず拮抗《きっこう》してるだろうからね」

「そんなことありませんって！」

比べることでもないけれど、もちろん天秤はルーファス様にガクンと傾《かたむ》いている。

「いつでも一番は……ルーファス様だもの」

そんなことを考えていると、不意に目の前が陰《かげ》り、唇《くちびる》にキスが落とされた。

「えっ⁉」

不意打ちのキスに、顔に血が一斉《いっせい》に集まってくるのがわかる。

ルーファス様は目を細めて微笑《ほほえ》んで私の肩《かた》をぎゅっと抱《だ》き寄せた。

「……いつもありがとう、奥《おく》さん。さあ、そろそろ食堂に行こう。冷めると料理長の機嫌《きげん》が悪くなる。でも顔が真っ赤だ。皆《みな》心配しないといいけれど」

「も、もうっ！」

弱気ＭＡＸ奥様と辣腕旦那様《らつわんだんなさま》の賭けは、とりあえず現在進行形である。

おわり

あとがき

「弱気MAX令嬢《れいじょう》なのに、辣腕婚約者《らつわんこんやくしゃ》様の賭《か》けに乗ってしまった」、ありがたくも四巻を迎《むか》えられました。お待たせしました！

守られ女子という立場だったピアが、侯爵《こうしゃく》令息夫人の責任という重圧に四苦八苦し、結婚《けっこん》で結ばれた両家族との関わりがメインのこの四巻。ですが、ルーファスとピアの仲はいかなる横やりが入ろうと相変わらずですので、その点はストレスフリーとなっています。二人の結婚後の慌《あわ》ただしい生活ぶりを、見守って楽しんでいただけたら嬉《うれ》しいです。

そして、作者はなんとかスタン家の影《かげ》に消されずに済みましたよ！

それでは、担当編集Y様はじめ出版に関わってくださった全ての関係者の皆様《みなさま》。色気だだ洩《も》れのルーファスで私を悩殺《のうさつ》するTsubasa.v先生、頰《ほお》を染めるルーファスで私の心臓を鷲摑《わしづか》みにするコミカライズの村田《むらた》あじ先生、厚く御礼申《おんれいもう》し上《あ》げます。そして応援《おうえん》してくださる全ての読者の皆様に感謝です。皆様のおかげで続刊できて、念願のおばあ様を出すことができました。今後ともよろしくお願いします。

短いご挨拶《あいさつ》になりましたが、これからの皆様のご多幸を心よりお祈《いの》りいたします。

小田《おだ》ヒロ